TAKE
SHOBO

無愛想な覇王は
突然愛の枷に囚われる

奏多

ILLUSTRATION
小島ちな

JN052749

蜜夢
MITSU
YUME

CONTENTS

MITSU
YUME

イラスト／小島ちな

無愛想な覇王は突然愛の枷に囚われる

BUAISOU na HAOU ha totsuzen AI no KASE ni torawareru

第一章　愛枷は薄情な覇王を引き寄せる

高層ビルが建ち並ぶ、東京のオフィス街、汐留《しおどめ》。

複合商業施設からほど近いところに、一面ガラス張りで、近代的な造形が美しい大手セキュリティ会社『セキュアウィンクルム』の本社ビルはある。

初夏の風が緩やかに吹く五月下旬、そのビルの地下にある役員専用駐車場で、黒塗りの車に向かって歩く人影があった。

上質なスーツに身を包んだ長身の男を守るように、四人の黒服のＳＰたちが周囲に目を光らせている。

「社長、玖珂《くが》慧《けい》社長！　待ってください！」

彼らの背後から、突如凛《りん》とした声が響くと、振り向いたＳＰたちが鋭い目を向けた。

ポロシャツにパーカーを羽織ったパンツ姿の小柄な人物が駆け寄ってくる。

ここは一般人は立ち入ることができない場所だ。ＳＰたちは、肩までの髪をうしろでひとつに結び、まだあどけなさを残す可愛らしい顔立ちの少年……と思われる闖入者《ちんにゅうしゃ》を警戒し、地面に押さえつけようとした。しかし相手は、そんな男たちの攻撃をするりと躱《かわ》すと、逆に大柄な男たちの懐に潜り込み、胸ぐらを摑《つか》んで背負い投げをした。続けて別のSPに、鋭い上段蹴りや掌打《しょうだ》を食らわせたりして、彼らを易々と地面に積み上げてしまったのだ。

その間、わずか数分あまり。

パチ、パチ、パチ。

鮮やかな反撃に、感動というよりも揶揄《やゆ》めいた拍手を送ったのは、SPに守られていた男――『セキュアウィンクルム』の代表取締役社長、玖珂慧だ。

精巧に作られた彫刻かと見紛うような、理想的な位置にパーツがある端正な顔立ち。

無造作に散らしたような艶やかな黒髪。同色の瞳の、冷徹な切れ長の目。

洗練された家猫というより野性味溢《あふ》れた虎に近く、彼が放つオーラは常人の持つものではない。

「この地下へどうやって来た？　役員室のあるビルの上層からしか来られないはずだが」

艶やかなバリトンボイス。声すらもひとを惑わし、従わせる威力がある。

「社長室のある十階から、直通エレベーターを使わせていただきました」

侵入者は、事もなげに返答する。慧は眉を顰《ひそ》めた。

「……お前は社員ではないだろう？　セキュリティシステムに守られたこの会社の内部に、そもそもどうやって入って来た？　アポをとって受付で許可証をもらったとしても、三階までしか行けないはずだ」

「アポは取れなかったので、やむを得ず強行突破を……」

「強行突破だと⁉　侵入者を阻むシステムがあるのに、どうやって！」

冷然としていた慧の目が、信じられないといったように驚きに見開かれる。その様子に侵入者は一歩後退《あとずさ》りながらも、正直に答えた。

「機械に感知されないよう、飛び越えました。普通にぴょーんと」

「飛び越え……あの高さのものをか。上には監視カメラもある。警備員が黙ってはいまい」

「はい。案の定見つかってしまいまして。できるだけ穏便にしたかったのですが、仲間を増やして大騒ぎで追いかけてくるため、仕方がなく組み伏せました。後の仕事に影響が出ぬよう、細心の注意を払いましたのでご安心を」

その強さはSP相手に実証済である。慧は片手で頭を押さえながら、問いかける。

「だったら社内エレベーターはどう動かした？　社員証がなければ動かない。しかも地下への直通エレベーターは、限定された者しか動かせないんだぞ」

「それは、倒した警備員さんの身分証をお借りしました。あ、この身分証はお返しします。それを至る所にかざしたら、非常階段のドアやらエレベーターやらが動いてくれて、とても助かりました」

慧は手渡された身分証を見ると、嘲笑うように口元を吊《つ》り上げた。

「警備主任の身分証……非常事態に対応できるように、社内設備のアクセス権を強めていたのが裏目に出たか。つまりお前は、我が社のセキュリティを凌《しの》ぎ、社内に簡単に侵入して自由に動き回った挙げ句、大勢の警備員やＳＰまで倒したということか。武装した屈強な男がハッカーと組むならともかく、こんなに小さく弱そうな奴がひとりで、難なく」

セキュリティ会社のセキュリティが役に立たなかったのが、よほど悔しいようだ。忌々しげに目を細め、堅い声を出した。

「お前はどこの者で、一体なにが目的でここに現れた？　欲しいのは金か、俺の命か？」

「そんな物騒なものではなく、ご家族の方の件でどうしても社長にお話ししたいことがあったのですが、電話では埒《らち》が明かなかったので、こうして参った次第です。会えてよかったです」

にこりと笑った侵入者は、ぺこりと頭を下げて言った。

「ご挨拶が遅れました。わたし……社長のお祖父様、玖珂泰三《たいぞう》様が入居されている老人ホーム瑞翔閣《ずいしょうかく》の介護士、入居胡桃《いりすえくるみ》と申します。実はお祖父様が危篤でして、最後のお別れをしていただこうと、社長をお迎えに参りました」

すると慧は、くつくつと喉元で笑い出した。

「そうくるとはな。今回はずいぶんと風変わりな刺客だ」

「刺客？　わたしは、ただの瑞翔閣の介護士ですが。ほら」

侵入者――胡桃は背を向けて、パーカーに印刷された瑞翔閣のロゴを見せる。

「お前みたいな小僧が、ただの介護士なわけがないだろうが。これだけ見事にセキュリティを突破してきて」

「小僧って……わたし女ですが。パンツルックなのはユニフォームだからで……本当に介護士なんです」

しかし、慧は主張を変えるつもりはないらしく、その目は胡乱《うろん》げだ。

「そうだわ、これなら……」

胡桃は、手首にぶら下げていたポーチから、介護士の登録証と運転免許証を取り出すと、慧に見せる。さらに瑞翔閣のリーフレットも広げてみせた。


瑞翔閣――それは渋谷に近接した閑静な高級住宅街、松濤《しょうとう》の一角にある、介護つき高級老人ホームのことである。

リゾートホテルさながらの広広とした豪奢《ごうしゃ》な施設で、プライバシーを守るセキュリティは万全。ライフスタイルに応じた細やかなサービスが提供され、介護士による日常のサポートや、医療班による健康のサポートも手厚い。だが、利用料金が非常に高額なため、入居者は専ら、各界の著名でワケアリな大物たちだった。

入居胡桃は、介護士になって七年目。瑞翔閣では最年少の女性スタッフである。

入居者を本当の家族のように愛情をもって世話をし、いつも笑顔を絶やさない。過酷な介護の仕事を難なくこなせる体力と根性があり、介護士は天職だと思っていた。

そんな胡桃は、瑞翔閣に住み込み、施設に勤めて半年になるが、ずっと担当をしている老人がいる。どこぞの大御所のようだが、偉ぶった様子もなく、豪快でひょうきんで、胡桃の方がいつも笑わせてもらい、元気にさせてもらっていたのだ。

その老人が、数時間前に容態が急変したのである。

いずれ最期が来ることはわかっていたつもりだが、いざその時に直面すると、看取れずにひとり逝かせてしまった祖母のことを思い出し、今まで抑え込んできたはずの深い悲しみや後悔がぶり返してきた。

――おばあちゃん、ごめん。朝、具合悪そうなのがわかっていたのに、空手の大会に出てしまって……ひとりで逝かせてしまってごめんなさい！

死に目に会えないのは、倒れた本人も残された家族も、互いにつらいものだ。

死を予期していたのか、最近やけに「家族に会いたい」と老人がぼやいていたことを胡桃は思い出し、連絡票に書かれていた家族に連絡をした。最期に会いに来てほしいと。

ところが電話に出た女性は、拒絶をした。

複雑な家庭事情を抱えた入居者がいることは、胡桃も承知していたし、興味本位に詮索する気はない。しかしどんな感情の縺《もつ》れがあったとしても、今は生死に関わる一大事。老人も会いたがっているからと懇願する胡桃に、女性は笑った。

『そんなのは演技よ。義父は過去何度も、命の危険を訴えて大騒ぎし、慌てる家族を見て手を叩《たた》いて喜んでいた。義父にとって家族とは退屈しのぎの玩具にしかすぎないのよ。今まで義父はたくさん人を振り回して遊んできたのだから、最期の時くらい、ひとり静かに逝ってもらいたいものだわ。とにかく、そんなことで電話をしてこないでくださいな。うちに連絡するのは、死んだ時だけで結構ですので。あ、延命措置もいりません。では』

あまりの薄情さに呆然《ぼうぜん》となる胡桃に、元気だった老人の嬉《うれ》しそうな声が蘇《よみがえ》った。

――ワシは孫が可愛くてのう。今年二十九歳で、ワシに似てイケメンなんじゃ。

――せくりてぃ会社の社長をしておる。汐留にある大きな持ちビルで、名を……ワシから言えば、慧眼《けいがん》の慧。その名の通り聡《さと》く、『覇王』などと持て囃《はや》されているようじゃが、まだまだひよっこじゃ。

老人に可愛がられた孫ならば、きっと祖父の元に駆けつけてくれるはず。

胡桃は、わずかなヒントを元にインターネットで会社を調べ、代表番号へ電話をかけた。『社長の祖父が危篤』という必要最低限の情報開示に努めて、社長に電話を繋《つな》いでほしいと何度も受付嬢に頼んだが、受付嬢の返答はロボットのように機械的なものだった。

『申し訳ありませんが、アポがなければ社長にはお取り次ぎできません。……はい、緊急の場合にもアポは必要です。今週に入っていただいたお電話の用件のうち、二十二件が社長のご家族の危篤。お客様で二十三件目の緊急のお電話となり……』

胡桃の中から、ブチッとなにかが切れる音がした。

「セキュリティ会社なら、なにが真実なのかを見抜いて、ひとの心を守れ！」

叫んで電話を切ると、胡桃はそのまま介護主任のところに行き、少しの間出かけることと、そして老人の様子を見ていてほしいと告げ、老人の孫がいる会社にやってきたのである。

「どうせアポなしで門前払いを食らうのなら、駄目元で社長さんに突撃し、連れて帰る！」

残された時間はあとわずか。寂しい思いをさせたまま、老人を逝かせるものか――その一念でいたものの、まさか人様の会社に不法侵入し、追いかけっこをして、引退したはずの空手と柔道の技を連発しなければ、老人の孫に会えないとは思ってもみなかった。

慧は、胡桃が差し出した身分証明証や、リーフレットのスタッフ紹介欄に記載された、胡桃の紹介部分を驚愕《きょうがく》した面持ちで凝視していた。

「これでわたしが、老人ホーム瑞翔閣のただの介護士だとわかっていただけましたか？」

だが彼が驚いていたのは、そこではなかったようだった。

「お前……その顔で二十七歳⁉　しかも本当に女だったのか！」

（そんなところばかり反応するとは、失礼な人ね！）

叫び出したい心地なのをぐっと堪えて、胡桃は無理矢理に笑みを作る。

「はい、二十七歳の女ですがなにか問題でも？　なかったら、一刻も早く瑞翔閣に……」

すると慧は、侮蔑と哀れみを半々にしたような眼差しを向けて、こう言った。

「仮にお前の話が本当だとしても、狡猾老人に一杯食わされただけだ」

「……は？」

「すべては、祖父の演技。祖父は昔から仮病を使って周りを振り回す。前科持ちだ」

慧は超然と言い切った。胡桃はむっとして言い返す。

「仮病ではありません。わたしが実際立ち会い、医者からも今夜が峠だと言われているんです。今泰三さんは酸素呼吸器をつけ、危ない状態なんです」

「医者たちは祖父に買収でもされたのだろう。お前は祖父のおもちゃになっただけだ」

「違います！」

「俺の方が祖父のことをよく知っている」

「わたしの方が、直前までのおじいちゃんの様子を見ています！」

慧は前髪を掻《か》き上げると、上から目線で胡桃を見据える。

ゆらりと立ち上る覇者のオーラ。臆しそうになるのを、胡桃はぐっと堪えた。

「帰れ。傍迷惑な祖父に翻弄されたお前を哀れみ、今回の不法侵入は不問にしてやる。祖父の道楽に付き合っていられるほど、こちらは暇人じゃない」

――今まで義父はたくさん人を振り回して遊んできたのだから、最期の時くらい、ひとり静かに逝ってもらいたいものだわ。

電話で笑い飛ばした女性の声が再生される。義父と言っていたから、彼の母なのだろう。

（おじいちゃん自慢の孫だけは慧眼だと思ったのに。蛙《かえる》の子は蛙ということ？）

「見逃すだけでは不服か？　だったら……ここまでやって来たことに敬意を示してやろう」

胡桃が気配すら悟れず、慧に距離を詰められたのは……ほんの一瞬。

「駄賃だ」

慧は胡桃の腰を抱き、顎を掬《すく》い上げると……胡桃の唇を奪ったのだった。

「ふ……ぁっ、んぅ⁉」

あまりに突然のことで頭が真っ白になった瞬間、唇をこじ開けるようにしてぬるりとしたものが口腔《こうこう》内にねじ込まれた。

（舌、舌、舌ーっ‼）

胡桃はパニックになり、抵抗する意思を持つ前に、目を見開いたまま固まってしまう。

そんな胡桃を見て、慧がふっと笑ったように思えた直後、胡桃の舌は慧のそれに搦《から》めとられ、ねっとりと淫靡《いんび》に弄られた。

感電したかのような甘い痺《しび》れが身体に走り、ぞくぞくとしたものが迫《せ》り上がってくる。

深いキスは初めてではない。しかし、気持ちよくて声を漏らしてしまう……これがキスというものなら、今まで経験してきたものはなんだったのだろう。口の中で巨大ナメクジが這《は》い回ったような不快感が強かった、あれらのキスは。

（ああ、身体が蕩《とろ》ける……わけがない！　わたしは塩漬のナメクジか！）

ひとりで突っ込み、理性をフル回転させた胡桃は、慧を突き飛ばした。

「なにを……っ」

唇を何度も手の甲で拭う涙目の胡桃に、慧は濡《ぬ》れた唇を己の舌で舐《な》めてみせた。

野生的でありながら、艶めかしいその仕草に、胡桃の身体が熱くなる。

「へぇ。そんな顔ができるとは……本当にお前、女だったんだな」

女だから馬鹿にされたのだろうか。女だからその言葉を信じてもらえないのだろうか。

──女のくせに、生意気なんだよ。

──女のくせに、男より強くなるなよ。

あれは、母の道場で先輩格の少年に勝利した時に、言われた言葉だ。

──女なんだから、おしとやかにしろよ。

──女なんだから、柔道や空手よりおしゃれをして、俺に恥をかかせるなよ。

それは、高校時代にできた初めての彼氏に言われた言葉だ。

「女だからって──馬鹿にしないでよ！」

叫んだ胡桃の目に闘志が宿った。一気に間合いを詰めると慧の服を摑んで引き寄せ、同時に彼の片膝に足を引っかけた。慧は抵抗して体勢を立て直そうとするが、胡桃はすかさず彼の顎を押し上げる。そしてそのまま慧の重心を崩すと、得意の大外刈りにて彼を硬い地面……ではなく、起き上がりそうだったSPの上に叩きつけたのだった。

そして胡桃は慧の服をむんずと摑むと、彼に問う。

「ここで息の根を止められるのと、このままわたしに引き摺《ず》られて瑞翔閣に行くのと、わたしが運転する車で瑞翔閣に行くのと、どれがいいですか？」

慧は観念したかのようなため息をついて、ぶっきらぼうに言った。

「……車」

胡桃は慧を車の後部座席に押し込むと、運転席のドアを開いた。そこには恐怖に震える運転手がいたが、ぽいと外に投げ捨てた後、運転席に乗り込んだ。

「……叩きつけたこと、謝りませんから。セクハラとモラハラに対する正当な報復です。あなたの横暴さに耐え忍ぶ弱々しい存在だけが、女じゃありません」

慧からの返事はなかった。

ミラーから慧を窺《うかが》い見ると、彼は不満げな顔をしながらも、胡桃のやりたいようにやらせるつもりらしく、逃亡する気もなさそうだ。脱いだ背広を横に置き、長い足を組んで、窓の外を見ている。

ただおとなしく座っているだけなのに、威圧感が凄まじい。まるで猛獣でも運んでいる気分である。頬から流れてくる冷や汗を片手で拭いながら、胡桃は自身を励ました。

(ファイトよ。おじいちゃんとのお別れがすんだら、もう関わることはないんだから)

そして胡桃は車を発進させようとしたが、やがて青ざめた顔をして、そのまま動かなくなってしまった。そんな胡桃に、慧は訝《いぶか》しげな声をかける。

「どうした? 行くのならさっさと……」

「あの……。社長さんは、今までこの車を運転されたことがあり、かつ、現在……運転免許証を携帯されていたり……しますか?」

「免許証? 持っているし、この車も何度か運転したことはある。それがなんだ?」

胡桃はますます小さくなりながら言った。

「あの……恐縮なんですが、運転、代わっていただきたいのですが」

「……は？」

「この車はMT《マニュアル》車。AT《オートマ》車限定で免許をとったわたしは、運転方法がわからないのです……」

（こんなことなら、費用をけちらないでMT車で免許をとっておけばよかった……）

助手席に座る胡桃は、あまりの面目なさに居たたまれない心地だ。

袖を捲《めく》り上げて運転している慧は、どこか気だるげで、男の色香を漂わせている。類いまれなるイケメンは目の保養にはなるが、いかんせん、彼は機嫌が悪い。

――俺を叩きつけ、啖呵《たんか》を切って拉致した挙げ句、行きたくもない場所に運転までさせる厚かましい女なんて、お前くらいなものだ。この俺をなんだと思っているんだ。

正直、嫌みを言い続けるならさっさと車を降りてほしかったが、本当に降りられては困る。今はこれ以上気分を損ねぬよう、辛辣な口撃に耐えるしかなかった。

瑞翔閣に到着すると、後部座席の上着を取り出そうとする慧を止め、胡桃はそのまま彼の腕を摑んで館内を走った。

そして老人の部屋に入るなり、その有様に絶句し、やっとの思いで声を振り絞る。

「おじい……ちゃん……？」

そこには――全身管をつけていたはずの重篤患者はおらず、至って元気な老人がベッドの上で味噌《みそ》ラーメンを啜《すす》っていたからだ。老人は『天晴《あっぱれ》　好々爺《こうこうや》』と筆字で書かれた扇子を広げ、パタパタと自身に風を送ってご満悦。

その老人の名前は、玖珂泰三。まぎれもなく、死にかけていた老人である。

「お……じいちゃん、ぐ、具合は……？」

「おお、ようやく帰ってきたか。ワシはすこぶる元気じゃぞ！」

老人は、呵々《かか》と笑った。

（ど、どういうこと……？　医療器具もないし、回復したにしては元気良すぎるし……）

その時、胡桃の足音を聞きつけたのか、主任が医療スタッフとともにやって来た。

「ごめんなさいね、胡桃ちゃん。泰三さん、元からお元気だったみたいで。胡桃ちゃんを驚かせようと、皆でお芝居をしていたことを、私もついさっき知ったの……」

続けて向けられる医師と看護師の謝罪の言葉も、呆然とする胡桃の耳に入ってこない。

彼女は、へたりとその場に座り込んでしまう。

老人がスタッフを部屋から追い出した。部屋に残るのは老人と、胡桃と――。

「それ見たことか」

壁に背を凭《もた》れさせている、慧だった。

「だから言っただろう、祖父の演技、仮病だと。お前は利用されたんだ、その狡猾《こうかつ》老人に」

（つまり——孫とその母の非人道的な発言こそが真実だったってこと？）

「どうせ退屈しのぎに、感情をすぐに表に出すお人好し介護士でも使って、今度こそ慌てふためく家族を連れてきてもらい、笑い転げようとしていたんだろう」

「わかっていながら、お主が駆けつけてくるとはな。爺《じい》は嬉しいぞ」

「そこの介護士が、無理矢理俺を拉致したんだ」

（おじいちゃんは死なないの？　ずっと……元気で生きていてくれるの？）

「それは即ち、お主自慢のせくりてぃを突破し、小さい頃から護身術を叩き込まれたお主に勝ったということか。ワシの介護士が」

「リスのような小動物風のあんたの介護士が、異常に強いだけだ。……茶番はもういいな。俺は仕事が忙しい。ここに来てやっただけでも、ありがたく……」

そう慧が言った時だった。胡桃が目くじらたてたのは。

「〝来てやっている〟？　〝ありがたく思え〟？　無事だったんですよ、おじいちゃん。元気だったんですよ。なぜ喜ばずにこんな時も上から目線なんですか！　わたしのおばあちゃんは、わたしを待っていてくれなかったのに！」

胡桃は慧に詰め寄った。

「空手と柔道の師範をしていた両親が事故死した後、祖母がわたしの親代わりでした。わたしは亡き両親が喜ぶようにと武道の修練に励み、大学生の頃、祖母の顔色が悪いと気づいていたのに大会に出ました。その間に、祖母はひとりで逝ってしまった。優勝しても強くなっても、祖母はもういない。あんなに慈しんでくれた祖母を看取れずに寂しく逝かせたことをずっと後悔しています。介護士になって祖母にできなかった孝行をしていても、所詮はただの自己満足。まだ胸の痛みはとれない」

そして涙目でキッと慧を睨《にら》みつける。

「でも社長さんのおじいちゃんは生きている。どうしておじいちゃんをなじるんですか。おじいちゃんがこんなことをしてまで家族に会いたがっていたんですよ、寂しがっていたんですよ。わたしが担当になって半年。会社関係の人は何度もおじいちゃんの顔を見に来ているのに、あなたやご家族は、一度だっておじいちゃんに会いに来なかった。それなのに、どうして家族が来ることを待ち望んだおじいちゃんを悪く言うんですか！」

慧はなにも言わなかった。依然とした冷ややかな面持ちからは、感情が読み取れない。

「会社が自慢の仕事人間ならそれはそれで結構！　覇王として皆から畏怖される存在であったとしても、おじいちゃんとあなたは、血が繋がった祖父と孫であることには変わりがない。おじいちゃんを見捨ててここまで寂しい思いをさせてきた責任を、どうとるっていうんですか」

悲鳴混じりの言葉が、胡桃の激情とともに迸《ほとばし》る。

流れる沈黙を破ったのは、老人の笑い声だった。

「天晴れなり！　玖珂グループの次期当主たる慧に啖呵を切るとは。善《よ》き哉《かな》、善き哉。ますます気に入ったぞ、介護士……入居胡桃！」

老人はベッドの上で、扇子を揺らして踊り出す。

「お、おじいちゃん……お、落ち着いて……」

「よいか、慧。小娘ひとりに乱入されるせくりてぃであるのなら、敵が多いお主を守る術にはならぬ。然らば、玖珂グループ会長として命じる。ワシの介護士をお主の護衛につけよ、四六時中」

（わたしが……覇王の護衛⁉　冗談じゃない）

老人の提案に、胡桃と慧が揃《そろ》って拒絶の声を上げると、互いに合わせた顔を嫌そうに歪《ゆが》める。

「ほっほっほっ。気が合うふたりじゃ。仲良しじゃな」

「どこが！」

またもやふたりは同時に声をあげ、互いを睨む。

「仕方がないのう、では代案じゃ。……その前にふたり、こちらへ来て手を出すのじゃ。騒がせてしまったお詫《わ》びに、この爺から贈り物をやろう」

「おじいちゃん、そういうのはいりません。おじいちゃんが元気であるのならわたしは……」

「いいからいいから。爺の頼みを聞いて、つけるだけで構わん」

（つけるだけでいいのなら……って、つけるってなにを？）

老人がベッドの上にあった包みから取り出したのは、銀色の球状のものだ。それを老人が胡桃の手首にくっつけると、突如それは細身の銀の腕輪へと形を変え、胡桃の左手首にはまる。

「な、なんで腕輪に⁉」

しかも、どんなに目を凝らしたり、指の腹で触ってみたりしても、繋ぎ目がどこだかわからない。

慧は警戒に満ちた眼差しで、一度出した手を引っ込めようとしたが、老人の動きはそれより速かった。銀の球状のものが慧の手を掠《かす》めると同時に、胡桃と同じ銀の腕輪が彼の右手首に現れる。

「それはな、ワシが密かに開発しておる特殊新素材じゃ。人間の体温に反応して形状を変える……まあ形状記憶合金の亜種と思ってくれてよい。これのすごいところは、電子の遠隔制御ができる点なのじゃ。たとえばこのスイッチ」

老人は続けて袋から取り出した、小さなリモコンのボタンを押した。

時報のような電子音が鳴り響いた直後、ふたりの腕輪が小刻みに震えて熱くなった。

そして、抗いがたい……磁力の如き強い力で腕が引っ張られ、ふたつの銀の腕輪はくっついてしまったのだ。ふたりは慌てて手を離そうとするが、どんなに力を入れても離れない。腕輪は手首にジャストなサイズのため、抜くこともできない。ただ、互いの腕輪の円周上ならば滑り動き、手の位置を変えることはできるが、引っ張っても離れないのだから意味がない。

「ほっほっほ。今後この腕輪に、ワイヤレスで電気を流したり熱を加えたりすれば、罪人が逃亡したとしても観念すると思わぬか。今の時代、手錠もスタイリッシュかつハイテクでなければのう」

「ふざけるな。俺たちは罪人じゃない。早くこれを外せ」

慧が老人を睨みつけるが、老人は扇子を仰いでどこ吹く風だ。

「はて……解錠スイッチ、どこへやったか。忘れてしまうなど、耄碌《もうろく》してしまったわい」

（えええええ⁉　腕輪を外すことができないってこと⁉）

真っ青になった胡桃の全力をもってしても、腕輪は一ミリも離れない。抗うほど、腕輪は互いの手首に食い込み、骨までが悲鳴をあげるだけだった。

「吐け！」

苛立った慧が老人の腕を摑むと、老人は大仰な声をあげる。

「イタタタタ！　祖父に暴力を振るうような孫のおかげで、思い出しかけた在処が記憶からすっぽり抜けてしもうた。イタタタタ」

慧はなにか言いたげに眉間に深く皺《しわ》を刻んだが、軽く摑んでいただけの手を老人から離した。そして一度深呼吸をすると、諭すような穏やかな口調で言う。

「あんたは玖珂の長だ。父さん……現社長が率いる玖珂本社は今や下降線。俺の会社が今の玖珂をどれだけ支えているか、わかっているはずだ。セキュアウィンクルムの拡大は、今後俺が担う玖珂グループの命運を左右する。俺が常時、色気も淑やかさもない……こんな凶暴なリスを引き連れて仕事をしているなどと知れ渡れば、俺……強いては玖珂が、いい笑いものになるだけなんだぞ」

　真実を口にしているのかもしれないが、その言葉にカチンときた胡桃は言い返す。

「お言葉ですが、玖珂グループさんがどんなに大きいのか知りませんけど、なんでわたしがそちらに行くのが前提なんですか？　わたしだって介護という大事な仕事があるんです。わたしに投げ飛ばされたくせに、上から目線の偉そうな男が常に一緒など、ペットとしてもお断りです！」

「お前、玖珂グループを知らないのか⁉」

「注目するのは、そこ⁉」

　驚いた声を出すふたりに、老人は言った。

「どうしても外してほしいのなら……慧。ワシに『おじいちゃん、大好き。これからは毎日会いに来るから、鍵をちょうだい』と可愛く泣きついてみるがよい」

　胡桃はぱっと明るい顔を慧に向けた。

「そんなことですむなら、社長さん……」

「断固拒否！　俺の沽券《こけん》に関わる！」

　慧のこめかみに太い青筋が浮いている。

（今一番に優先すべきは、自尊心を守ることではないでしょうが！）

「じゃったら慧が誇る、せくりてぃ技術で外してみたらどうじゃ？　それが出来ぬなら、ワシに『おじいちゃん、大好き。これからは毎日会いに来る……』」

「それは死んでも言わない」

孫の断言に、老人は拗ねたように身体を縮こめると、ぼそぼそと言う。

「せくりてぃ技術でも無理な時は、ワシが作った暗号を渡してやる。それを解いて出て来たものを持って来たら……鍵がある場所のヒントをやろう」

「暗号を解かせてもまだヒントなのか？　本気で……暇潰しに巻き込む気か……！」

腕輪を通して、慧の手が怒りに震えているのが胡桃にも伝わってくる。その気持ちはわからないでもないが、元はといえば、老人を大切に扱わなかった彼のせいである。自分は老人の意を汲《く》んで、会いたがっていた家族をこうして連れてきた。だから老人の制裁は、薄情な孫だけが受けるべきで、罪なき自分まで受ける筋合いはない――そう思った胡桃は、笑顔で老人に話しかけた。

「おじいちゃん。わたしは皆さんのお世話があるから、わたし以外の方とお孫さんをくっつけて遊んで下さい。もうそろそろ、ミーティーングがあるので……」

「お前、祖父を見捨てるなと俺に言っておきながら、俺を見捨ててひとり逃げる気か！」

「人聞きの悪い！　わたしは担当介護士として、おじいちゃんの笑顔を守る義務はあるけれど、情が薄い孫まで守る義理はないんです。ここから先はあなた方家族の問題。一介の介護士が立ち入ることではありません」

「ずいぶん、俺と祖父とでは態度が違うな。まだ根に持っているのか、たかだかあんなキスぐらいで」

「キスぐらい、ですって⁉」

目を吊り上げる胡桃の横で、老人がにやにやとしている。

「もう、慧とちゅうをしたのか？」

「ち、違います！　あんな……ナ、ナメクジ如き、キスなど認めるものですか！」

「ほう。慧はナメクジか。そんなに下手っぴなのか」

慧はなにかを言おうとしたが、奥歯を噛《か》みしめるようにして無言を貫いた。代わりに切れ長の目に殺気にも似た鋭さを宿す。

「のう、入居さんや。施設長には出張研修という形で話をつけておく。慧にあれだけの啖呵を切ったお主なら、ワシに寂しい思いをさせぬよう、そしてワシの笑顔を守るために、孫をまたここに連れてきてくれるじゃろう？　こうでもしなければ慧はワシに会いに来てくれないのだ」

しょんぼりとした老人に、胡桃は言葉を詰まらせた。

「むろん、給料は慧のところからも出るからな」

「なぜ俺の会社から！」

「そりゃあ、慧の……社長の護衛じゃからの」

（その話、諦めてなかったの⁉）

慧も同じ事を思っているのだろう。端正な顔が忌々しげに歪む。

「いやなら早く外せばいいだけじゃ。それとも……慧が誇るせくりてぃ技術はそこまで貧弱じゃと？　または齢《よわい》八十過ぎの爺の考える暗号も解けぬほど、慧は阿呆《あほう》じゃと？　そんな孫であるのなら、跡継ぎにするのも考えものじゃな。直系の世襲をやめて、お前の叔父や兄弟か、現役員の中からでも……」

「あんな無能な連中を跡継ぎにするな、玖珂が滅びる！」

そして慧はぎらりと目を光らせると言い切った。

「……わかった。そこまで言うのなら、我が社の技術でこんな腕輪、今日中にでも外してみせよう。暗号など必要ない。あんたが開発している技術より、我が社の技術が優れていても、怒りに心臓発作を起こさないでくれよ」

「ワシを誰だと思うておるのじゃ。そこらへんの偏屈ジジイと同じにするでないわ」

売り言葉に買い言葉。

明らかになったのは――狡猾老人と覇王の家族事情に、他人の自分が巻き込まれたことだけだ。

(なぜこんな目に……。こうなれば、社長の技術集団の力を信じるしかない……)

込み上げる不安を見て見ぬ振りをして、胡桃は一刻も早い解放を切に祈った。

そうでなければこれから、この不遜な男とずっと一緒にいなければならなくなるのだ。

――初めまして。泰川理央《やすかわりお》と申します。

慧が電話ひとつで瑞翔閣に呼びつけたのは、慧に似た冷ややかさを持つ美女だった。

彼女は慧の意思をすぐに察し、状況を冷静に理解する知性を持ち合わせていた。慧より二歳年上のはとこらしいが、ふたりの雰囲気はよく似ており、寄り添う姿は本当の姉弟のように麗しい。

――社長……慧様対処にお困りの際には、お気軽にご相談くださいね。あ、先に言っておきますけど、私と社長は恋仲とかではありません。だから私、秘書をやれているんです。

理央は慧とは違い、胡桃を安心させるような笑顔を見せて柔らかい物言いをするため、いかに慧の雰囲気を持つ親族といえども、胡桃はそれほど苦手意識を持たずにすんだ。

今、理央が呼び出された理由はただひとつ。車の運転である。

慧は右手、胡桃は左手が拘束されているため、必然的に胡桃が運転席に座ることになるからだ。

理央の登場で、胡桃は後部座席に座り、流れる景色を見てぼんやりと思っていた。

トイレに行きたくなったら、どうしようかと。

慧は胡桃を盗み見て、彼女は不安ゆえに黙していると解した。

しかしこんな事態を招いたのは自分ではないし、自分だって強制連行する彼女から、散々な目に遭わされてきた。だから痛み分けということで、気にしてなくてもいいはずだ。

――ここまで寂しい思いをさせてきた責任を、どうとるっていうんですか。

慧は居心地の悪さを感じて軽い咳払《せきばら》いをすると、玖珂グループの話を始めた。

玖珂家は、神官の末裔《まつえい》で爵位もあった由緒ある家柄であり、神職の身分を返上してからは、主に重機や金属を取り扱う財閥系の巨大グループへと成長したこと。

祖父は金属関連のテクノロジーを推進し、革新的な新素材開発に執念を見せているが、慧は素材開発よりもＩＴ系を重んじるべきだと考え、セキュリティ会社を作ったこと。

「――今の時代、生命あるものを守るのは、化学よりも電子工学だ。腕輪がどんな素材で作られていても、電子制御がなされている限り、俺の研究所が必ずなんとかできる」

だから安心していろ――珍しく優しい口調で続けた慧の肩に、胡桃の頭がそっと凭れる。

胡桃は……寝ていた。憎らしいほどにぐっすりと。

自分の話を子守歌にしたのだと悟った慧は、忌々しげな顔で横を向くと舌打ちした。

そんな慧をミラーで見ていた理央は、ふふふと笑い声を響かせる。

「初めてでは？　女性はすぐに感情的になるから嫌だと辟易《へきえき》されていた慧様が、そのように会ったばかりの女性に優しさを見せるのも、慧様に媚《こ》びない女性も」

「……これは優しさなどではないし、こいつは女じゃない。リスを装った凶獣だ」

「そうですか？　リス……入居さんは、十分愛らしい女性だと思いますが。会長もお気に入りなんでしょう？」

「お前とじいさんの目が、おかしいだけだ」

「ふふ。では慧様は、リスを装った凶獣が相手であれば、愛護精神をみせる変わった方ということにしておきましょうか」

慧はむっとしながらも、理央の皮肉に反論したり、彼の肩に凭れ幸せそうに熟睡している胡桃を払いのけたりもしなかった。それどころか、ちらりと見る寝顔があまりにも無防備であることに、不可解にも心が疼《うず》く。そして、気づけば胡桃の口端から垂れる涎《よだれ》を指で拭っている。

その上、唇に触れて思い出してしまうのだ。

蕩けるように甘美だった彼女とのキスを――。

慧は女とみれば、やたらキスをしたり抱いたりする男ではない。よほど食指が動く、好みど真ん中の女がいれば別だろうが、生憎そんな女と出会ったこともなかった。

ただストレスがたまって精神的にしんどい時は、一夜の相手を抱くことはある。あくまでそれは、リフレッシュのため。それゆえ、相手に愛だと勘違いさせないために、キスもしない。むろん、未練を感じて同じ相手と二度目があることも、過去の情事を思い出すこともない。

それなのに、胡桃に関してはなにか勝手が違う。

突然、慧の前に出現した胡桃は、絶対的不可侵であった彼自慢のセキュリティを突破することで、慧の矜持《きょうじ》を打ち砕いた。屈強な戦士の如き男なら、まだ仕方がないと諦めもついただろうが、侵犯はリスに似たか弱そうな介護士だ。さらには臆することがないまっすぐな目で、慧の意見を無視して意のままに動かそうとする。

どこまでも彼の矜持を傷つける胡桃に、慧は彼の家族の姿を見た気がして……非常に腹立たしく、嫌がらせと威嚇のつもりでキスをした。

ところが、そのキスに翻弄されたのは彼自身だった。柔らかな唇から甘さを感じた瞬間、彼の中でなにかがスパークし、あの時確かに慧は胡桃に欲情し、彼女をもっと味わいたいと望んだのだ。

あんな……地下の駐車場で、女性らしさなどかけらもない、無礼なリスを相手に。

「解せない……」

あの場面を冷静に思い返すと、キスという方法を選んだこと自体、おかしな話だった。一期一会で終わるはずの存在に、慧の痕跡を残すこともなかったし、だいたい今まで、愛と勘違いさせるキスだけは、避けてきたのだ。それを長々と、舌までねっとりと絡め合わせるなど。

――あんな……ナ、ナメクジ如き、キスなど認めるものですか！

「……ナメクジ……。この俺を……ナメクジ扱いするとは」

しかもそんな無礼な女に、いとも簡単に投げ飛ばされたのだ。名だたる武道の師範に稽古をつけてもらってきた慧が。

慧は、サラブレッドとして生まれついたゆえ、あらゆる英才教育を受けてきた。

陰謀ばかりのどす黒い世界で勝利するため、己の感情を犠牲にしても、完璧主義を遂行できる力をつけてきた。権力に群がる蛆《うじ》を一掃してきたところ、いつの間にかついた仇名《あだな》は『覇王』。

慧とは対照的に、彼の父親は過酷な生存競争の中で勝ち残るため、女に愛などという生温い癒やしを求めた。その結果、直系という理由だけでグループのトップになった途端、祖父の代で拡大して安定したはずのグループ基盤がぐらつき、内紛が起きようとしている。力がなければ、華麗なる一族の歴史も、何万人といる……玖珂グループ社員たちとその家族をも守ることができない。

祖父だって十分それをわかっているはずなのに、こちらの都合などお構いなく、自分が暇だからといつも彼の遊びに付き合わせようとする。

それに対して沈黙を貫き無視することが、祖父へのせめてもの情――そんな事情を知らぬくせに、胡桃は慧を薄情だと糾弾し嫌悪する。彼の生き様を真っ向から否定して。

それらは慧にとって怒りや屈辱の要素でしかないのに、なぜ今……こうして胡桃に肩を貸しているのか、彼自身説明がつかなかった。

「リスさんにとって慧様は、畏怖すべき覇王ではなく、下等生物なんですかね？」

理央の軽口は、慧のこめかみに青筋を浮かび上がらせた。

しかし、小さなくしゃみをした胡桃が、寒さに身体を震わせてすがりついてくると、慧は気色ばんだ表情を無意識に緩ませ、脱いだまま放置していた自分の背広を彼女にかけた。そしてそっと彼女の身体を引き寄せ、服越しに己の熱を分け与える。

「……車内の温度を上げればいいだけなんですがね。……ま、いっか」

そんな慧の様子をミラー越しに見ていた理央は、独りごちた後、慧に笑いかけた。

「今の状況、主人に繋がれている従者は、慧様ということですか。だからですかね、慧様がリスさんを突き放さないのは」

「主は俺だ。こいつとはまもなくきっぱりと別れて無関係になる。だからこれは束の間の……愛護精神だ」

「はは。まあ……慧様は昔から、小動物がお好きでしたものね。人間には興味なくても」

理央が声をたてて笑う。

――おじいちゃんの笑顔を守る義務はあるけれど、情が薄い孫まで守る義理はないんです。

慧の中で再生された胡桃の言葉は、彼を苛立たせた。

他の女はこぞって彼に媚び、言いなりになるのに、胡桃だけは慧を拒絶する。揺らぎない微塵《みじん》もみられない。のぼせられるのも嫌だが、そこまで嫌悪をあらわにされるのも癪《しゃく》だ。

――あなたの横暴さに耐え忍ぶ弱々しい存在だけが、女じゃありません。

まもなく、慧史上一番のインパクトを残した女は、これ幸いと彼の元からいなくなる。

……せいせいすると思えないのは、なぜなのだろう。

「やはり……解せない」

慧は大きなため息をついて独りごちると、窓の外の景色を眺めた。

不可解なことはなくなり、戻ってくるだろう日常を……やけに味気なく感じながら。

胡桃が車で目覚めた時、彼女は慧の肩に頭をつけ、抱きつくように寝ていた。さらには胡桃の身体に慧の背広がかけられている。青ざめる胡桃に、慧は言った。

――ただの愛護精神だ。

薄情な覇王の口から出て来た、違和感ある言葉。しかも自分は人間である。

だがこの意味不明な状況を深追いすると、自分の首を絞めかねない気がして、一応礼は述べて強制終了したものの、慧からは愛想どころか、返事すらない。愛護だろうがなんだろうが、やはり優しさのかけらなど感じられなかった。

(少しでも早く彼と腕輪に、お別れしたいわ。あとでなにか請求されそうだもの)

ひやひやする中、車が向かった先は『玖珂セキュリティ工学研究所』だった。

理央曰《いわ》く、ここは日本屈指の電子工学研究所であり、最新式の高性能解析マシンもあるのだとか。さらに――。

「慧様は、海外の飛び級制度を利用され、二十歳で工学分野の博士号を取得なされました。我が社の研究すべてでは、この研究所の所長でもある慧様の指示の元に行われています。慧様は、すべてのデータを頭に叩き込んだ司令塔でもあります。そんな慧様が自ら選んだ専門家《エキスパート》がこの研究所の所員であり、会社を支えています」

理央の説明を聞けば聞くほど、胡桃の期待感が強まる。天は慧に二物も三物も与えていたらしい。彼の高すぎる経歴とプライドにかけて、必ずや今日中に腕輪を外してくれるに違いない。調査に協力し、ここでおとなしく座っていれば、いずれ理不尽な拘束具と理解しがたい慧、双方とおさらばできる——そう、喜んで待つこと数時間。

「腕輪を外せないって、どういうことですか⁉」

その希望は砕け散り、胡桃は悲鳴混じりの声をあげた。

「外せないわけではない。腕輪の素材を解析できれば、腕輪は外れる。だがこの特殊素材は思いのほか難解で、今日どころか今月中に解析できるか正直わからん」

慧は眉を顰めながら、たくさんのデータ資料に視線を落としている。彼の頭脳をもってしても解析に時間がかかるとは、どれだけこの腕輪は複雑怪奇な素材なのだろう。

「腕輪に手首が密着していなければ、熱や力を加えて腕輪の破壊を試みることもできるが、この状態では俺たちの手首の方が、腕輪より先に砕け散る。機械の力で無理に引き離そうとすると、こちらの骨まで切断される可能性もある。解析をするのは俺たちの安全確保のためだ。解析せずに最短で腕輪を取り外そうとするのなら、今ここで手首を切り落とすしか方法がない。それがいやなら、解析できるまでこのままだ」

言葉を失う胡桃の横で、やがて慧は深いため息をついて言った。

「まさかここまでのものをじいさんが密かに開発していたとは。……実に腹立たしいが、じいさんの出す暗号を解こう。遊び好きのじいさんとの耐久レースにはなるが、解析結果が出てから対策を見つけるよりも、早く暗号を解いていくことで、拗ねたじいさんが遊びに飽きて腕輪を外す方が早いかもしれん。むろん、同時進行で解析は続けていくが」

「暗号を解くより、あれを言った方が早いですよ。『おじいちゃん、大好……』」

しかし胡桃の提案は完全に無視される。慧の中ではその選択肢は存在しないらしい。

「では理央。これからまたじいさんのところへ戻って……」

「……そのことですが、慧様」

理央がジャケットの内ポケットから封書を取り出すと、慧に差し出す。

「会長にご挨拶をした際、実はこっそりと託されました。研究所で太刀打ち出来ず、慧様が暗号を望まれた時には、これをお渡しするようにと……」

始めから孫には腕輪を外せないと、見越していたのだろう。それを悟ると同時に、プライドを傷つけられた慧は、纏《まと》う空気の温度を見る見る間に下げていく。

胡桃は寒さに震えながら、ぎこちない笑顔を見せて言った。

「な、中を開きましょう。頭のいい社長さんなら速攻で解いてしまうかも！　おじいちゃんの暗号は、どんなものかな？　なぞなぞとかかしら……」

入っていた紙には、印字された文字でこう書かれてあった。

『過剰すぎる爺の愛、できるものなら排除して解いてみよ
G#S♡KGCG$R♡EGZ♡：G、♡KGH♡D』

（なにこれ……）

老人が用意した暗号は、この場で解けるような簡単なものではなかった。

暗号解きは、慧にかかってきた電話で一時中断し、場所を慧の居城へと移すことになった。理央はふたりをお台場にある高層マンションに送り届けた後、すみやかに去っていった。慧代理の仕事を終わらせ、これからの同居生活に必要なものを買い出しして、戻ってくるらしい。

マンションは玖珂グループのもので、セキュリティは慧の会社のものを使用している。瑞翔閣にも負けない豪華さと広さがあり、一階には喫茶店とオーガニックの高級食料店まで入っている。籠城もできそうなホテル風マンションなど、胡桃は初めて見る。

さらにこのマンションはキーレスのセキュリティらしく、エントランスにある3Dカメラで入居者が認証されれば、エレベーターが自動待機し、勝手にその入居者のフロアまで運んでくれる。部屋のドアも鍵いらずで開くため、鍵を忘れたとか落としたとかのトラブルもないのだとか。

（そういうセキュリティのサポートがあったら、お年寄りでもとっつきにくいハイテクを喜んでくれそう。でも絶対、年金ではここに住めないわ……）

同時に、身分証をかざしてばかりだった慧の会社形態を謎に思い、尋ねてみた。

「システムに頼り過ぎれば人間を雇う意味がなくなってしまう。身分証を大切にさせることで、セキュアウィンクルムの社員という誇りを保たせるんだ。社員がその家族ごと、路頭に迷うことになるのだけは、社長として回避したい」

（冷血漢だと思っていたけれど、案外……社員のことはちゃんと考えているのかも）

「だが人間に頼っていた盲点を突かれて、リスになんなく乗り込まれた。じいさんではないが、社のセキュリティは見直す必要があるな」

「……わたし、入居という名字ですが、リスではなく……」

「お前はリスだ。リスだから胡桃なんだろう」

慧は斜め上から、にやりと笑ってみせた。

「なんて強引な理屈……。わたしの両親のセンスにいちゃもんつける気ですか」

「だったらお前の学生時代の仇名はなんだ？」

「……〝リスちゃん〟。そこ、笑うところじゃないですから！」

慧の足は長く、歩くのも早い。小柄な胡桃のペースなど考えておらず、胡桃の前に出ようとするため、胡桃は意地になって追い抜かそうと速度を早める。

（少しでも引き摺られれば、彼に散歩させられるペットだって認めることになるわ）

そして胡桃が前に出ると、なぜか慧はむっとして早歩きになる。

どちらが主でどちらが従か――相手に合わせて並んで歩くということをしないふたりは、競い合うようにしながら、慧の住まう部屋に向かうことになった。

――これから、お前の生活の拠点は俺の家だ。

セクハラ社長の家に同棲《どうせい》など御免被りたいが、胡桃の私室にしろ研究所にしろホテルにしろ、ふたりで寝起きするには狭すぎる。セクハラ対処に寝技をかけるにしても、ある程度のスペースが必要だ。消去法の結果、渋々、慧の家に拠点を移すことを了承する羽目になったのだ。

家主が豪語する通り、かなり贅沢《ぜいたく》な間取りの2LDKだ。

リビングはゆうに二十畳はあり、東京湾を一望できる大きな窓を眺めて、ゆったりと横たわれる黒革のL字型カウチソファがある。

どの部屋も白と黒と茶をベースにした、モデルルームの如き上品さと高級さがあるのだが、生活感を感じられない。

「キッチンも使われた様子がないのですが、社長さんのご自宅なんですよね？　別宅？」

「自宅だ。ここには寝に戻っているだけだ。平日休日問わず、俺の生活の基本は会社や研究所だし、食事は打ち合わせが多くて外ですませている」

慧は根っからの仕事人間のようだ。

「でも彼女さん、心配してお食事作りに来られるのでは……」

「女に愛想をふりまく暇があるのなら、仕事をしている」

（なんでむっとして言うのかしら。女が飛びつきそうなハイスペックな超イケメンに恋人がいないだなんて、性格がかなり難ありだからだと、自覚しているから？）

「……今、なにを考えた？」

絶対零度の眼差しを向けられて、寒気立った胡桃は、ぎこちなく笑う。

「いえいえ！　そのわりには、部屋に埃《ほこり》もなくとても綺麗《きれい》ですよね」

「ハウスキーピングを雇っているからな」

（ただの寝床にこれだけの豪華さが必要で、お金を支払って掃除させて。さらに自炊しないだなんて……。そんなのはまるで……）

「……俺を瑞翔閣の老人扱いするな。珈琲《コーヒー》くらいは、俺も淹《い》れられる」

「それ、威張って言うところですか？」

するとと慧はむっとした顔でキッチンに向かう。アンティーク調のミルで珈琲豆を挽《ひ》くと、棚から器材を取り出した。彼は両利きらしく、左手を動かすことに不便さはないようだ。

「アルコールランプやフラスコ？　そんなので珈琲淹れるんですか？」

どう見ても、怪しい実験の始まりである。

「お前はサイフォンを見たことがないのか」

「サイフォンと言うんですか？　ねぇ、社長さん。これ……間違っていません？　下のビーカーに水を入れて、上に挽いた珈琲豆を入れたら、どこに珈琲が抽出される……うわ、逆流した！」

「……お前は本当に、見ていて飽きないな」

慧の笑みなど気づかず、胡桃は目を見開いてサイフォンを見つめた。

それから数分後、カウチソファに座った胡桃は、恐る恐る珈琲を口に含んだ後、目を輝かせた。

「美味しい～。風味豊かでこれぞ珈琲という感じ！　喫茶店に来たみたい。この苦みと酸味が絶妙で、珈琲通のわたしとしては、何杯でもいけちゃいます」

胡桃はご満悦だが、慧はじとりとした目を向けた。

「大量のミルクと砂糖を入れずに飲めるようになってから、珈琲を語れ」

そんな嫌みもなんのその。胡桃は再び珈琲を口にすると、幸せそうに顔を綻ばせた。

そのわかりやすい表情に、慧は苦笑する。

「……お前の後ろで、ふるりと揺れる大きな尻尾が見えるような気がするな」

「揺れませんよ、わたし人間なんですから。なんだか……一緒にお菓子を食べたい気分です。今度買っておきましょう」

「……どんな？」

「ナッツ！」

「リスめ」

「美味しいんですよ、珈琲とナッツの組み合わせは！」

力説を始めた胡桃に、慧は目許を和らげて笑う。その顔には傲慢さはなかった。

ドクッ。

胡桃の胸の奥が、不可解な音をたてる。

それはまるでなにかが芽吹く合図のようで、胡桃は本能的に慌ててしまう。

「さ、さあ。珈琲タイムを満喫したから、暗号解きを再開しましょう、暗号！」

『過剰すぎる爺の愛、できるものなら排除して解いてみよ
G#S♡KGCG$R♡EGZ♡：G、♡KGH♡D』

暗号が書かれた紙を広げて、ふたりは考え込む。

「おじいちゃんが持って来いというのは、きっと英字と記号が表現しているんでしょうね。しかしなんのことやらさっぱり……」

「規則性はあるはずなんだが……」

「四つ目のハートマークの上にあるチョンは、アポストロフィーですか？」

「向きが違うから、グレイヴ・アクセントだろう。フランス語とかイタリア語とかによくある」

（よくあるんだ……。日本語しか知らない人間にはわからないわ……）

「無駄なことばかりするじいさんだが、無意味なことはしない。一行目はヒントになっているはずだ。……過剰すぎる爺の愛……確かに、Gと♡は、やけに多いな」

慧は放った背広から黒いペンを取り出すと、多出している『G』と『♡』を消した。

「『#SKC$REZ＊、KHD』……なんのことやらですね」

「……なあ、瑞翔閣で、じいさんはパソコンを操作しているのか？　じいさんは機械嫌いで、いつも手書きなんだが……」

「最近始めたんです。ＤＶＤのパソコン講座を見ながら、文字を打てるようになって喜んでいたんですよ」

「……ＩＴは信用できないと、俺には散々言っていたくせに、裏では満喫しているのか。まあそれはいい。わざわざ印字したものを使っているのが、やけにひっかかる」

「社長さんに自慢したかったのでは？」

「だったら、あの場でパソコンを実際に操作して、大いに自慢をするだろう。……なぜ今回、それがない？」

　慧が黙して考え込んだ時、胡桃はもぞりと身体を動かした。

（しまった。美味しい珈琲だからがぶがぶ飲んでしまったけれど、珈琲って利尿作用があったんだった……。う……駄目だ、我慢しなきゃと思うほど追い詰められてきた……）

「あの……ト、トイレに行きたいのですが」

「わかった。行くぞ」

　慧はあっさりと立ち上がったが、胡桃は逆に慌てた。

「い、行くぞって、そんな簡単に言いますけれど」

「行きたいと言ったのは、お前だぞ？」

「そうなんですが……」

　もじもじする胡桃を見兼ねて、慧は腕輪ごと胡桃を引っ張り、トイレへ連れて行く。

　胡桃は多少前のめりで用を足すことになっても、慧にドアの外にいてもらおうと思っていた。薄くドアが開いていても、ドアの板があるのとないのとでは、精神的負荷がまるで違う。

だが慧の家では、トイレまで広かった。洗面台もついており、車椅子でも悠々と入れる造りだ。そのため、どんなに互いの手をぴんと伸ばしてみても、彼は個室の外に出ることはできない。

（セレブ、嫌〜っ‼）

「気にするな。後ろを向いているからさっさとすませろ」

「こっち……見ないでくださいよ。見たら蹴り飛ばしますからね」

最大限の距離があるものの、限界間近な胡桃は涙目である。

「大丈夫だ。スカトロ趣味はないから。……なんで、そんな音を流す？」

備えつけの流水音を流すと、背を向けたままの慧が驚きの声をあげる。

「わたしの音を聞かれたくないからです。そんなこと説明しなくても察してください」

「なにに使うために用意された機能かと思ったが、なるほど。生理現象の音を誤魔化すなど、つくづく女はおかしな生き物だな」

「もう黙っていてください！」

胡桃は羞恥に身体を震わせる。しかし黙されたらそれはそれで緊張に居たたまれず、念のため水も流して音を消し、か細い息を繰り返して小用を足し終える。

（うう……。お嫁にいけない……）

すべてを終了した胡桃の顔は、すっきりどころかげっそりしていた。

「生きているのだから排泄《はいせつ》は当然だ。音が出ても匂いがあっても、気にするな」

懐が広いのか、女とみていないだけなのか。はたまた、謎の愛護精神とやらなのか――

慧の笑いは優しげだった。だがデリカシーに欠ける言葉は、胡桃を安心させるどころか、屈辱感を植えつける。

胡桃は仕事柄、ひとりで排泄できない老人の介助をする。気持ちいいトイレタイムが過ごせるようにと、笑顔で話しかけて手伝ってあげていたが、こうして立ち会われる立場になると、羞恥に泣き出した老人の気持ちがよくわかる気がする。

個々の尊厳は、秘めやかに黙して、守られるべきなのかもしれない。


八時頃、理央が戻ってきた。

彼女は、途中で慧に連絡を入れた際、胡桃が哀願した……スマホからハードロックが聴けるワイヤレスヘッドホンと消臭剤だけではなく、飲み物や食べ物、胡桃用の洗面具や入浴具、着脱しやすいパジャマから下着まで買ってきたようだ。

(至れり尽くせり。泰川さんって、すごく気が回る秘書さんなんだわ……)

理央は、霜降り和牛のステーキ弁当も持参していた。絶品な夕食をとり終えると、理央はたくさんの紙袋から中身を取り出し、胡桃の前に並べていく。服飾品、化粧品や美容品……最後に取りだしたのは、片手でも着ることができる特製スーツである。

ブラウスも上着も、腕輪をしている側の脇や袖の下で簡単にホックやスナップでとめられるようになっており、傍目からは、店で売っている普通のものとなんら変わりがない。

こんな特注品を早急に作らせてしまうあたり、玖珂グループとやらは慧が豪語するほど大きいところなのだろう。

（でも……なんでこんなスーツ一式をわたしに？　高級すぎないかしら）

胡桃は首を傾げて並べられた品々を見入る。そんな彼女を見つめ、理央はこう言った。

「……リスさんは明日から、慧様の専属秘書になっていただきます」

「社長秘書は、泰川さんがされているのでは？　それとわたしは、リスではありません」

「確かに私は社長専属ですが、これから慧様の代理としていろいろ動き回らないといかず、ずっと慧様のお側にはいられないのです、リスさん。それに慧様は忙しく、打ち合わせや会議も多々。その都度リスさんを『社長限定の生きたセキュリティです』とか『一分一秒も離れられない熱々な恋人です』『お疲れ社長の癒やしのペットです』と紹介するより、専属秘書とする方が対外的にも説得力がある」

「説得力はあるかもしれませんが、ＯＬ経験もないわたしが、お力になれるのでしょうか。護衛ならまだしも」

正直、まったく自信がない。パソコンすら思うように操作できないのだ。

「リスさんができる範囲で秘書のお手伝いをしてもらう、ということで結構です。私は裏方でフォローを致しますので。まず手始めに……、玖珂グループのカリスマたる慧様の秘書に相応しい、最低限の知識や振る舞いをお教えします。今夜中に覚えてくださいね」

分厚いマニュアルを出した理央は、にっこりと笑って眼鏡をかける。

「大丈夫です、リスさん。私が優し〜く、お教えしますので」

そう言った理央は、冷血な女王様の如きスパルタさをみせた。

慧がふたりに不安そうな顔を向けたが、胡桃は元来体育会系であり、鬼コーチによる扱きには慣れている。なにより慧と運命共同体となってしまった以上、自分のせいで慧に迷惑もかけたくないし、お荷物になって慧に嫌みを言われたくないと、闘志を燃やした。

「リ、リスさん、少し休憩を挟んだ方が……」

「必要ないです。現役を引退しても、普段の夜勤介護で夜中でもハードな仕事をすることに慣れています。さあ、泰川さん。夜は長い、気合い入れていきましょう！　——押《お》忍《す》っ！」

結果、音を上げたのは理央の方で、彼女は朝方の三時頃、よろよろと帰っていった。

下克上が起きた苛烈なレッスン中、慧は血気盛んなふたりに口出ししても無意味だと悟り、ひとり暗号を考えていたが解明には至らなかった。

「……とりあえずもう休もう。俺は徹夜には慣れているが、お前は一応女なのだから……って、もう寝ているのか⁉　せめて寝室に自分の足で歩いて……くそっ、なぜ俺が」

慧は熟睡モードの胡桃を抱きかかえると、寝室に連れて行き、瑞翔閣のユニフォームを着たままの胡桃をベッドに寝かせた。

いつもひとりで寝ているベッドに、胡桃という今日知ったばかりの女がいると思うと、なぜか慧の胸がざわつく。しかしそれは、排除したいとか不快な感情ではなかった。

胡桃がまた寒さに震えぬよう、布団を彼女の肩まできちんとかけ、慧もネクタイをとったワイシャツ姿のまま、その隣に横たわる。

少し迷い、ベッドサイドランプの照明をつけると、淡い光に照らされた慧は苦笑する。

「……なぜ俺が予防線を張るんだ？　こんな……野生の小動物に」

胡桃は、愛らしい寝顔ですやすやと眠っている。本当に大きな尻尾があるのではないか……そんなことを思って胡桃を眺める。

「ここまでぐっすり眠られると複雑だな」

指でつんと胡桃の頬を突くと、彼女はうーうーと唸《うな》り、不快そうに口を尖《とが》らせる。それを笑って見ていた慧だったが、やがてその顔は寂しげな翳《かげ》りに覆われる。

「……なぁ。ナメクジ扱いするほど、俺が嫌なら……そんなに無防備になるな。俺だって、男なんだぞ」

慧は小声でぼやいた後、小さな身体を引き寄せ、抱きしめた。

自分は男なのだと、意識のない彼女の身体に訴えたい衝動に駆られたのだ。

慧の予想以上に胡桃の身体は柔らかく、芳醇《ほうじゅん》な甘い香りを放っている。

思わず慧は、彼女の首筋に顔を埋めると、すんすんと匂いを嗅いだ。

鼻腔に広がる魅惑的な香りに、脳髄が甘く痺れていく。

「なんだこれは。たまらない……」

慧が悩ましげな吐息をついた時、彼の下半身がじわじわと熱を持ち、著しい変化をみせた。

あきらかに彼の身体は、胡桃を女として意識し、彼女の中で溶けたいと主張している。

それがわかった慧は我に返り、己の反応に焦った。

慌てて胡桃から腰を離そうとすると、彼女が身じろぎをする。そして――。

「おい、ちょっと待て、待て……寝技をかけるな！」

小さな凶暴者から逃げようとしたが、下半身の絡みつきはより強固になってしまった。

胡桃の柔らかさを感じる慧の部分が、痛いくらいに猛ってスパークしそうだ。

「落ち着け。俺はそこまで女に困っていないはずだ。これはメスでも人間じゃない、今日会ったばかりの無礼なリスだ。鎮まれ。俺は獣姦《じゅうかん》趣味などないし、節操なしの変態ではない」

慧がぶつぶつと独りごちている間、胡桃の動きに変化があった。彼女が太股を押しつけ

て、慧の猛りを刺激し始めたのだ。

「……なに、この硬いの……。ん……？」

謎の正体を突き止めようとしているらしい。寝ぼけながらも強弱をつけた足の動きは絶妙で、慧を確実に追い詰めていく。端正な顔は苦しみに歪み、慧の声は喘《あえ》ぎの如く掠れる。

「この馬鹿……そこばかり、触るな」

こんな状態で暴発させられるなど、プライドが許さない――そんな必死の抵抗が報われ、規則正しい寝息をたてた胡桃の足から力が抜けた。

なんとか足固めから逃れることができて、安堵《あんど》する慧だったが、思った以上に胡桃の寝顔が近くにあった。可愛いと素直に思ったことに、慧は戸惑う。

「……っ」

ふっくらとした唇が、慧を誘うように薄く開いている。

どくりと息づいたのは、彼の心と……萎えていない彼の分身。

ひりつく喉奥から、欲望が言葉になって出てきそうだ。

『この唇を思うぞんぶん貪り、またねっとりと舌を絡ませたい』

『彼女の甘さと熱をとことん味わい、マーキングしたい』

渇望は強くなり、感情を押し殺すことに慣れていたはずの慧の心を激しく掻き乱す。

目が開けばいいのにと思う。自分を怖れもせずまっすぐと見据えてくる強いあの目で、彼女に劣情する浅ましい自分を、ひとりの男として受け入れてくれたら――。

彼女となら何度もキスをしながら、蕩けるような悦楽に溺れてもいいと思った。いや、溺れたいと能動的に思うのだ。

この執着めいた激情の正体は、一体なんなのだろう。

なぜ胡桃だけにこんな気持ちを持つのだろう。

ひとつわかることがあるのだとすれば、これはペットに対する愛護精神などではない。

こんな一方的な感情は切なくなるだけで、ちっとも癒やされない。満足しない。

「……ああ、くそ。昂《たかぶ》りが鎮まらん」

脳裏に焼き付いた暗号を解こうと試みるが、集中できなかった。

「会ったばかりの女に、なんなんだよ、この衝動……」

早く朝になり、この〝発作〟が治まってほしいと切に願う。

社長として、玖珂グループの次期当主として、彼女に嫌悪される『覇王』の姿を、保たねばならないのだ。

「俺は……父さんとは違う。それを証明しなければいけない」

そう呟《つぶや》きながら、慧はすりと胡桃の頬に己のそれを摺り合わせ、腕輪で繋がれた彼女の手と指を絡めさせて握った。

「いずれはちゃんと解放するから。だから、今だけは……」

胸の奥で燻《くすぶ》る切ない熱が揺らめき、なにかを訴えかけている気がしたが、慧は見て見ぬふりをすると、彼女の首に唇を押し当て……静かに目を閉じた。

第二章　愛枷は秘めた恋を煽らせる

「ダニだと思うんですよ！」

胡桃の力説に、理央は複雑そうに言った。

「あ……、きっとそうでしょうね」

理央はちらりと慧を見るが、慧は涼しい顔をして新聞を読んでいる。

「これは、ハウスキーピングの職務怠慢かと。断固抗議すべきです！」

胡桃の首筋についているのは、夥《おびただ》しいほどの赤い痕。

「……ですって。慧様」

しかし慧は、至って無視である。

「泰川さん、ゲストがこんな酷い目にあったのに、朝からあれですよ。もっと心配してくれてもいいと思いません？　冷血漢だから、ダニも襲わないのかしら」

胡桃は、騒がしかった一時間前を回想する。

目を開けると、じっとこちらを見ている慧の顔。

頭が回らず、美形のアップに驚いた胡桃が慌ててベッドから転がり落ちると、腕輪で繋《つな》がっている慧もベッドからずり落ちそうになった。その刹那、胡桃の頭に駆け巡ったのは、朝方まで理央に植えつけられた……ブラック気味な社長至上主義。身を挺《てい》しても社長に怪我をさせるわけにはいかないと、慧をベッドに押し上げるために触れた部分が彼の股間だった。しかも硬い。

騒ぐ胡桃を、慧は至って冷静に諭した。朝に起こる男の生理現象だから仕方がない、と。己自身にそう言い聞かせているようにも見える端正な顔は、どこか苦しげで、目の下にうっすらクマができている。それを認めた胡桃ははたと我に返り、憐憫《れんびん》の情を向けた。

――そうか。男性にとって友である右手は、今……自由に使えないですものね。

――わたしは未経験ですが、前の職場の同僚から、要介護老人や障がい者への射精介助のことを聞いたことがあるので、お手伝いしますよ。ゴム手袋ありますか？

胡桃が善意で申し出た途端、部屋に大寒波が発生した。

慧は、凍死寸前の胡桃をずるずると引き摺《ず》って、浴室に向かう。

――風呂⁉　まだ駄目です、裸のつきあいなど、ハードル高すぎです！

慧はワイシャツを着たまま、頭から冷水シャワーをかぶった。胡桃もまた冷たい飛沫《しぶき》の洗礼を受け、悲鳴をあげながら慧を詰ったが、慧から向けられたのはぎらりとした目だ。

――責任の一端は、お前にもあるからな！

慧は、濡《ぬ》れたシャツから引き締まった身体を透かせ、男の色気を色濃く漂わせていた。目も眩《くら》むほど強烈なオスのフェロモン――。

薄く開いた胡桃の唇から、感嘆のような熱い吐息が漏れる。この男になら服従をしてもいい……メスの細胞がぶるりと奮えた瞬間、胡桃の顔に温水シャワーが浴びせられた。

——そんな顔でじろじろ見るな！

胡桃の身体が温まったところで、シャワー終了。洗浄というより、ただの水浴びである。

そして慧から手渡されたタオルで身体を拭いていたところ、慧と目が合った。

漆黒の瞳がゆらりと揺らめいたと思うと、その視線は胡桃の首筋に落ちた。そしてわずかに見開かれた直後、その目はバツが悪そうにすっと横にそらされる。

それがやけにひっかかり、胡桃が洗面台の大きな鏡で自分の姿を見てみると、下着が透けていることより、首元で咲き乱れる赤い華に悲鳴をあげた。

ちょうどその頃にやってきた理央が、胡桃の声に驚いて現れ……それ以降、胡桃の愚痴を聞きながら、濡れた服の洗濯乾燥や、着替えなど外出支度の手伝いをしてくれている。

残念なのは、瑞翔閣のユニフォームにハサミを入れねばならないことだ。仕事に励んだ愛着ある服が裂かれるのは忍びないが、ずっとこの姿でいるわけにもいかない。

仕方がない、仕事着は瑞翔閣にもう一着あるからと諦め、胡桃は服にハサミを入れようとしたが、もたついてうまくいかず、理央に手伝ってもらった。

(たとえ片手が制限されていても、いろいろな介助をしてきたのだから、普通より器用にできると思ったけれど、立場が変わると勝手が違うものだわ。それに比べて……)

慧は左手でハサミを持ち、躊躇《ちゅうちょ》なくそして器用に高級そうなワイシャツを裂いている。

　また、胡桃がもじもじしながら巻いたタオルの中で下着を替えていれば、慧は既に特製スーツを身につけ、左手でネクタイを締め終えていた。

　介助いらずの介護士泣かせな男である。

（サイボーグか、コピー人間か、はたまた他に腕でも隠し持っているんじゃ？）

　そんなことを思いながら、片手でブラウスのボタンとめに奮闘する。慧が片手ですべてを終えたのだから、腕輪で繋がった左手は使うものかと意固地になるが、これが中々うまくいかない。

　その隣では、淹《い》れ立ての珈琲《コーヒー》を運んできた理央が、慧に小声で言った。

「昨日はナメクジ、今日はダニ。明日の慧様は、一体何になられているんでしょうか。せめて覇王らしく貫禄《かんろく》ある肉食獣になられては？　ねぇ、愛護精神に溢《あふ》れる慧様」

「黙れ」

　……そんな会話をなされていることなど露知らず、胡桃は上から三番目のボタンをとめることができずに悪戦苦闘していた。不器用ではないはずなのに、ブラウスがストレッチ素材できつめのために、穴にボタンがすんなりとはまってくれない。見兼ねて理央の手が伸びたが、それをぱしりと払いのけた別の手によって、いとも簡単にボタンはとまった。

「新聞を読んだままで、際どい場所の手助け、ありがとうございました……」

「悔しげに言うな。ただの愛護精神だ」

　むすっとした顔で言う慧に、理央がくふりと笑った。

カツカツと慧の規則正しい靴音が響くと、セキュアウィンクルムの社員たちは壁際に並んで、闊歩《かっぽ》する彼が通り過ぎるまで頭を下げる。

慧の横に並んで歩く胡桃は、その様子を見ながら、片手で手早く身だしなみを整えた。

理央によってしっかりとメイクされた顔は、鏡を見た胡桃も目を疑うほど、とても女っぽかった。ワックスでスタイリングされた髪は、口紅とともにしっとりと濡れて、色気も感じられる。胡桃の変貌ぶりに、慧も驚きのあまり、固まったくらいだ。

（挙動不審な動きにならないように、気をつけなくっちゃ……）

胡桃は夜通し、理央から秘書に相応しい上品な振る舞い方を習い、自然に見えるまでとことん練習させられた。男に混ざって武道の稽古に励み、介護士となってからも身体は酷使しているはずなのに、今まで使われることがなかった筋肉が幾度も悲鳴をあげた。

秘書をなめていた。これほど過酷な修業をしなければ、理央の域に到達できないなんて。

――いいですか、社内外、リスさんの出来はすべて慧様の評価に繋がります。できなくても、できるふりをする。慧様の隣で必要なのは、度胸と余裕、そしてはったりです。

この即席ＯＬデビュー戦、失敗するわけにはいかない――そう意気込んで朝から緊張をしていたというのに、慧を怖れる社員たちは、誰ひとりとして胡桃を見ておらず、肩透かしを食らってしまった。自意識過剰すぎたのかもしれない。

（セキュリティ会社なら見知らぬ人間の存在に、気づこうよ……）

部下に危機感がないのは、きっと社長がご自慢の機械頼りだからなのだろう。

理央曰《いわ》く――セキュアウィンクルムは、主に法人向けに業績を伸ばしてきた会社で、最新技術を駆使したセキュリティシステムや、的確な提案ができる社員たちの優秀さや実績は、どれも評価が高いらしい。

それを作り上げたのは慧であり、彼は社内のプロジェクトすべてに目を通し、企画会議にも参加する。時には、自ら動いて大きな仕事をとってくる。

セキュリティとは人を守るということ。もし少しでも社員の認識にずれがあると思ったら、進捗具合がどうであれ、彼は仕事をストップさせて、方向性を改めさせる。

慧が求めるのは、安全性を多面的に捉え、正反合《アウフヘーベン》のプロセスを辿《たど》る弁証法的な考え方だ。一面的な思考しか持てない狭量な社員はもちろん、推し進める提案に、慢心や権力に対しての忖度《そんたく》があろうものなら、たとえ重役であっても容赦ない。会社内外問わず、認めた者は絶大なる力で庇護《ひご》するが、期待を裏切る背信者には躊躇なく断罪する――それが覇王と、皆から怖れられるゆえんである。

――セキュリティが必要となる〝危険〟は、企業だけに潜んでいるわけではない。社会的に弱い立場の者を守れて初めて、セキュリティ会社としての真価が発揮されるのでは、と、慧様は考えておられます。

しかしどんなにセキュリティについて真剣に取り組み、高度なシステムを開発しても、機械に馴染《なじ》みが薄い……特に高齢者は、眉を顰《ひそ》めて敬遠することが多いという。

人間に寄り添った、安全かつ操作が簡単なシステムなのに、なぜ一部にしか浸透しないのか。色々と仮説をたてて動いても、問題は一向に解消されない。

完璧主義の慧としては、どうしてもこの謎が気になった。もしかするとそこに、彼が見落としていた、セキュリティについての重大な欠陥があるかもしれないと考えたからだ。

――そんな中、我が社に、建設業界や東京都が主体となった協議会から、ある大規模プロジェクトの話を持ちかけられました。人と最先端システムが手を取り合って、個人や家族を守る……セキュリティタウンと呼ぶ、次世代のための安全な街づくり構想です。

それは慧の会社だけへの依頼ではなく、大手セキュリティ各社はすべて声をかけられ、来月の競合コンペにて採用企業が決定される。

もしこのプロジェクトに競り勝ち、セキュアウィンクルムのセキュリティがどの世代にも等しく、安全を提供できるという証明ができれば、ステップアップができる――そう考え、慧及び社員一同、このプロジェクト成功に並々ならぬ意欲を見せているらしい。

今日は朝からプロジェクト会議がある。胡桃が慧とともに会議室に向かうと、中にいた七人の社員たちが、一斉に椅子から立ち上がった。皆の目が、慧の横にいる胡桃に向けられる。慧に合図をもらった胡桃は立ったまま、挨拶をした。

「初めまして。この度、社長秘書を拝命致しました、入居胡桃です」

スムーズに挨拶できた気はするが、皆の反応はいまいちだ。凝視されたり、ざわめかれたりと、好意的な眼差しを向けられている気がしなかった。やがて慧の咳払《せきばら》いで、一同は一斉に胡桃から目をそらす。

（わたし、そこまでおかしい秘書なの？）

実のところ、覇王の隣に立つに相応しい美人秘書の出現に、色めき立った部下たちを慧が睥睨《へいげい》して制したのだ。それに気づかない胡桃は、これなら最初から俯《うつむ》かれていた方がショックが少なかったかもしれないと肩を落としつつ、笑みを作り続けるしかなかった。

プロジェクトチームは男女混合五人。各部署から集った精鋭揃《ぞろ》いで、今日は企画部長と専務も参加しているようだ。慧と取り交わす会話を聞いていても、メンバーの専門知識は相当なもので、特にチームリーダーの小早川《こばやかわ》は、持論に熱弁をふるい自信満々だった。

コンペは来月にあるが、その一週間前にヒアリングとしてのプレゼンがあるらしく、それに向けて本番形式での模擬が始まる。

小早川が、スライドやレジュメ内容を饒舌《じょうぜつ》に説明していくが、数字とカタカナばかりの内容は、セキュリティ初心者の胡桃にはちんぷんかんぷん。ついうとうとしてしまう。

「そこまでだ」

慧の声で目覚めた胡桃は、寝ていたことがばれたのかとドキドキしたが、慧は俯き加減で目頭を押さえるようにしており、気づかれてはいないようだ。

「……これでは駄目だ。うちの宣伝ばかりで、他の同業者が推し進めるものと、なにがどう違うのか、うちを使うメリットがなにか、まるで伝わらん。訴求効果が感じられない」

「しかし社長。他がなにを出してくるかなど、こちらにわかるはずがありません」

小早川が抗議する。慧に言い返せるのは気概ある社員なのだろうが、プレゼンを強制終了された上に駄目出しされたことに対するあからさまな不満が、その顔に出ている。

「お前が勝手に落としどころを決めるな。他社の動きが読めないのは、情報収集をして推察をしようとしていないからだ。だいたいお前のプレゼンは、自己陶酔しすぎていて客観性に乏しく、なにより心が引かれない。この秘書など早々に寝ていたぞ」

居眠りがばれていたことを知り、胡桃はその場で飛び上がった。

「そもそも主催者側が、このプロジェクトのセキュリティになにを求めているのか、リサーチはしたのか？」

「して……いませんが」

「なぜしない？」

「主催者は都議や、大手ゼネコンの十菱《とびし》グループですよ。そういうのは、コネがある営業や手の空いたメンバーに指示して下さい。リーダーの僕がすることでは……」

途端に慧は、刃よりも研ぎ澄まされた空気を纏《まと》い、剣呑《けんのん》に細めた目で小早川に言った。

「――話にならん。小早川は、このプロジェクトから外れて新人研修を受けてこい」

「社長⁉」

小早川は青ざめた顔で、悲鳴を上げた。

「このプロジェクトを成功させるために、慢心を捨てろと言っていたはずだ。時間は十分あったはずなのに、不得意分野は放置して自分でなんとかしようともせず、手抜き案を最高セキュリティとして売り込めると思っていたのか。それを俺が許すと思っていたのか」

覇王のオーラが周囲を威嚇するように揺らめき、慧は眉間に力を込める。

「――俺を甘くみるな」

底冷えしそうな低い声とともに、一気に場の温度が下がる。耐性のない胡桃は、全身鳥肌状態で凍りついた。

「後任は、副リーダーである吉野悠人《よしのゆうと》。次の会議でプレゼン、やってみろ」

「はい、お任せを」

上気した顔でこのチャンスを喜ぶのは、童顔をした吉野と呼ばれた男性社員。

「新たな副リーダーは、織羽加須也《おりわかすや》」

「了解しました」

やけに野太い声を発するのは、長い前髪から覗《のぞ》く瓶底眼鏡が印象的な、織羽と呼ばれた男性社員。彼はにやりと笑った。

「来週こそ、実りある会議にしてくれ。では解散」

慧が会議終了を宣言すると、ようやく胡桃に体温が戻ってくる。

日常に戻れないのは、依然凍りついたままの小早川だけ。

「行くぞ」

退室の際、ドアを閉める直前に再度部屋を見ると、胡桃を見つめている専務と目が合った。なにかを熱く語りかけられた気がして、胡桃が作り笑いをして首を傾げると、専務は意味深な笑いを見せて立ち上がり、こちらにやって来る。

（え、なに。わたし専務になにかしてしまったの？）

突如、胡桃は慧にぐいと手を引かれ、乱暴にドアが閉められた。

「女好きな男にまで、いちいち愛想をふりまくな。お前は俺だけに笑いかけていればいい」

いろいろと言い返したいところだが、胡桃はぐっと堪えた。ここは彼の城、彼は主――。

――いいですか、リスさん。慧様の秘書でいる間は心を無にして、慧様からなにを言われてもイエス。さあ、復唱して！　イエス！　イエス！　イエッサー！

「……かしこまりました。社長への愛想笑いはこんな感じでよろしいでしょうか」

胡桃はわざとにこりと笑ってみせた。すると慧は目を細め、小さく独りごちる。

「本当に、理央の腕をみくびりすぎていたな……」

（なにをひとりでぶちぶちと。いけないいわ、心を穏やかにしなきゃ。彼はわたしが介護している老人よ。威張りんぼで理不尽なことで怒り出す困ったおじいちゃんだけれど、よく探せば仲良くできる要素もある、はず……）

胡桃の頭の中で老人扱いされているとは知らず、慧は地下駐車場に向かう。

これから、玖珂グループ母体の玖珂総合商社に向かうことになっている。

地下にはサングラスをかけたＳＰがふたり待機していた。体格からして昨日のＳＰとは違う気がする。男たちは運転席と助手席に座った。

「あれ？　昨日の運転手さんは……」

「どこぞの荒ぶるリスが乗り込んできたせいでトラウマになり、しばらく休職したいと連絡があったらしい」

「す、すみません……。今日は泰川さんの運転ではないんですね」

「あいつには、いろいろと動いてもらっている。夕方には戻るだろうが」

「そ、そうですか」

理央はずいぶんと慧からの信頼を得ているようだ。

愛想をふりまくことにすらクレームがついた新米秘書としては、完全に慧のお荷物となっている現実に、やりきれない心地になるのだった。

「……おい。道が違わないか」

運転手に向けられた固い声に、胡桃は現実に返る。

「いいえ、合っていますよ。渋滞を避けているので、少し遠回りしていますが」

寂れた狭い一本道に入ると車は徐行を始める。

前方には、進行を遮る黒いワゴン車。迂回《うかい》しようともしないSPたちに、胡桃の本能が警鐘を告げる。このまま車に乗っているのは危険だと。

慌てて慧を見ると、彼は険しい顔で胡桃側のドアを促した。胡桃が頷《うなず》くと同時に車が停まり、胡桃はチャンスとばかりにロックを外し、慧と外に転げ出た。

「こいつら！　待て！」

護衛らしからぬ粗野な物言いで、助手席から飛び出した男が、ふたりの捕獲に乗り出す。

胡桃は咄嗟《とっさ》に重心を落として、男の腹に掌打を食らわせたが、男の腹筋は胡桃の想像以上に硬かった。男はよろけただけで体勢を立て直し、胡桃に向かってきた。

胡桃が反撃に出るよりも早く、慧が胡桃の身を守りながら前に出ると、勢いをつけた長い足で男の首に後ろ回し蹴りを決める。

（社長さんのぶれない身体の軸といい、躊躇ない動きといい……実戦経験があって、強いんだわ。少なくとも、昨日わたしが倒したSPなんかよりもずっと）

強い人間を見ると心躍るのは、格闘家の性である。目を煌《きら》めかせて、胡桃が言った。

「社長さん……昨日は弱いふりをしてくれたんですね」

胡桃の眼差しは、同志としての敬意に溢れている。

「しかしお気遣い無用です。腕輪が外れたら、まずは一本、真剣勝負してください。今度は手加減なしで！」

「……いや、あのな。昨日俺は手加減したのではなく……」

「謙虚だなんて覇王らしくもない。そうだ、公開制の試合にしますか？　覇王の強い姿に、きっと観客は痺《しび》れますよ。おじいちゃんだって大喜び間違いなし。だけどわたしだって、そう簡単には負けないいんだから！」

ファイティングポーズをとる胡桃は、戦う気満々である。

期せずして、胡桃の闘魂を燃やしてしまった慧は深いため息をつくが、突如その目を剣呑に細めた。運転をしていた男が、懐からなにかを取り出しながら、走ってきたのだ。

「危ない！」

慧は胡桃を胸の中に引き寄せると、そのまま床に転がった。

銃弾がふたりの後を追い、胡桃は青ざめる。

（ひっ……平和な日本で、平凡な人間にそれはないでしょう！）

不意に銃撃が止まる。男は弾倉を入れ替えているようだ。

『今がチャンス！　社長さん、反撃して銃を奪いましょう』

胡桃が目で訴えると、慧が渋面にて『やむをえない』と頷く。

そしてふたりは、慧の合図で飛び出した……が、目だけで意思疎通ができるほど、ふたりの息は合っていなかった。

「は⁉　なんで銃の方へ突っ込むんだ！」

「あなたこそ、なんで逃げるんですか！」

ふたりが正反対に動いたため、繋がれた手がぴんと張る。慌てて互いが相手の方に移動しようとすると、頭をぶつけあう。痛みに悶《もだ》えていたところで、銃撃が再開されてふたりは車の陰に隠れた。銃声がして車が跳ねる。タイヤをパンクさせられたようだ。

いくらふたりの戦闘能力が高くても、腕輪のせいで思ったように動けない。このままだと、最悪死んでしまうかもしれないと、胡桃は震え上がる。

こちらに近づいてくる足音が複数になった。胡桃がこっそりと窺うと、慧が倒したはずの最初の男が復活して、同様に銃を構えている。

（これはやばい……。考えろ、考えるの。社長さんを安全に逃がす方法を）

一番確実なのは、自分が囮《おとり》になることだ。そして囮になるためには、どうしても……腕輪をはめた己の手首を切り落とすことが必要だ。

幸いにも地面には、ガラスの破片がある――。

しかしその破片は、慧の足で踏まれてしまった。慧は胡桃を睥睨する。

「ふざけたことを考えるな。どんなに強い脳筋リスだろうと、俺にとっては守るべき女。お前を傷つける者は、誰だろうが許さない」

そのまっすぐな瞳に、胡桃の心臓がどくりと揺れた。

慧に守られるほど弱くはないとは思うが、たとえ〝女〟という理由であろうとも、守ろうとしてくれていることにくすぐったい気持ちになる。不思議と慧の言葉は、モラハラには聞こえなかった。昨日はあれほど嫌悪していたというのに。

「正直、こんなことは慣れている。それでも警護を強固にしてこなかったのは、俺の方がどんなSPより強かったからだ。それに他人は信じられない。人間なんて権力と金だけで、どうとでも裏切るからな」

だから会社のセキュリティは、機械を中心にしているのだろうか。雇用という問題がなければ、彼にとっては機械の方が信頼できるもの――それはなんて悲しいことだろう。

「そんな俺だから、相手に心を預けて自分も同じ動きをするなんて勝手がわからん。悔しいが、今のままでは俺がお前の足をひっぱり、お前まで危険に曝《さら》すだろう。それを回避するために、自己判断による対処はやめ、意思疎通をしておきたい」

（自分に合わせろではなく、わたしに合わせようとしてくれているんだ……）

今までの横柄でワンマンな言動を思えば、実に殊勝な態度である。

「この局面を乗り切るためには、間合いを詰めた後、引き金を引く手を一瞬でも躊躇させることだ。それができれば、反撃のスピードは、俺たちの方が格段に早い」

それは胡桃も同感だった。体術に持ち込めばこちらの方が有利だ。

（銃をなんとかできれば……）

そんな時、ふと……前にいた介護施設での出来事が脳裏に蘇《よみがえ》る。

認知症の入居者を複数、食事をさせていた時、ひとりがスプーンを叩《たた》いて奇声を出すと、連鎖反応のように今までおとなしかった老人たちも騒ぎ出した。確かその時――。

「……社長さん。良い案があるので、わたしに任せてください」

慧は胡乱な眼差しを向けた。だがすぐに頷き、胡桃の指示に従う。

その結果――慧は片手を上げて男たちの前に立つと、不服そうにこう言った。

「――降参。抵抗しないから、彼女と一緒に好きなところに連れていけ」

男たちは口元を吊《つ》り上げた。胡桃と慧それぞれに銃口を向けつつ、ふたりの腕を掴《つか》んで奥に見える車に引っ張っていく気のようだ。

（射程距離に入った！）

——社長さん。間合いを詰めた後は、わたしの自由にさせてください。必ず仕留めます。

胡桃は自由な右手で、自分のブラウスを引きちぎった。自慢の握力でキャミソールごと破り、理央が買ってきてくれたワイン色の下着を露出させたのだ。寄せて上げてくれるおかげで、標準サイズの胡桃の胸も、かなりくっきりと谷間ができている。

突然そんな姿を曝した胡桃に、男たちはぎょっとして固まった……その一瞬の虚をついて、胡桃は彼らの股間を蹴り上げた。断末魔のような叫びを上げた男たちの手から銃が落ち、その銃を胡桃と慧が蹴り飛ばす。

虫の息となってもなお、男たちは任務を遂行しようと、臨戦態勢になった。

（涙流してガクガク震えているのに……どれほどブラックな雇い主なのかしら）

慧と胡桃は顔を見合わせてため息をつき、おもむろに繋いだ手を持ち上げる。そして男たちを挟むように両側に移動して腕を伸ばすと、彼らの喉に叩きつけた。

作戦成功の上に、最後は慧とも気が合ったことに、胡桃は破顔して喜んだ。

「前に介護施設で大騒ぎしていた老人たちの前で、おばちゃん介護士が転んで、服をひっかけて上衣を派手に破いてしまって。下着が現れると、老人たちはそれに釘付《くぎづ》けになりおとなしくなったんです。男は何歳になっても皆、スケベですよねぇ」

しかし慧は眉間に皺《しわ》を寄せて固い表情のまま、自らの背広を脱いで胡桃に羽織らせた。

そして胡桃の身体を抱きしめる。

「自分の肌をあんな男たちに見せるな。ああ、くそ……自分の不甲斐《ふがい》なさに腹が立つ」

やるせない声で囁《ささや》かれ、胡桃の胸の奥がきゅっと絞られた。

「……馬鹿」

それは怒るというよりも、甘い睦言のような声。

慧の手に力がこめられ、彼女の頭の上ですりと慧が頬ずりをしたのがわかった。

途端、胡桃の胸はきゅんとし……その心の動きの理由がわからず、胡桃は大混乱に陥る。

「な、なによ、きゅんって！　少し見直した途端に、あまりにちょろすぎるわ、わたし。だいたい、ダニもが嫌う冷血漢なんて全然タイプじゃないし。これはその……護衛対象への愛護精神みたいな。そう、社長さんお得意の、謎の愛護精神が伝染して……」

（あ……口に出して言っちゃった）

そんな胡桃の耳に、不穏な……低い慧の声が届く。

「……これからはちゃんと躾《しつけ》をしないといけないな」

（な、なんだろう、この悪寒は……）

慧は身体を離すと、鳥肌をたてて固まっている胡桃に、超然と笑いかけた。

「他のオスにいつ尻尾を振って誘うかもしれない、こんなリス、俺以外には手懐けられるものか。今夜からいやというほど、女だとわからせてやる。……覚悟してろよ」

「口頭注意で十分ですので！　しかも、なぜに夜限定なのですか!?」

「さあね」

にやりと笑った慧は、胡桃の頭にぽんと手を置いた。

「早く、腕輪を外さないとな」

それはただの呟《つぶや》きだったのか、同意を求めていたのかはわからない。

だが胡桃はなぜか、彼に賛同できず……、聞いていない振りをした。


『リスさんの服の予備？　社長室のロッカーにあります。吸血ダニが、いつ肉食アメーバになるかわかりませんからね』

破れた服のままで人前に出ることはできない。かといって市販のものでは片腕が通らない。困り果てていたところ、仕事の確認で理央から慧に電話があった。そこで尋ねてみると、よくわからない理由で問題はあっさりと解決した。理央は続けてこうも言った。

『そこのゴミ掃除は私にお任せを。電話一本で、跡形もなく綺麗《きれい》にしますので』

清掃会社にでも電話して、この路地裏の掃除をさせるのかと思ったが、そうではないらしい。ならばどんな掃除なのかと聞くと、慧は返答の代わりにこう言った。

――俺がこの世で敵にしたくない奴は三人いる。そのひとりが理央だ。あいつを敵にすれば、戦う以前に、あいつが従える掃除屋によって、俺はこの世に存在していなかったことにされるだろう。

覇王も怖れる、彼のはとこ。胡桃は理央を怒らせないよう、職務に邁進《まいしん》することを心に誓う。

先のプロジェクト会議で、小早川がリーダーをクビになった理由について、胡桃はとりわけ理不尽には思わなかった。胡桃も常日頃、命令されねば動かないマニュアル人間にはなりたくないと思っていたからである。

（護衛はいいとして、秘書の仕事も、わたしにできることを自分で見つけなければ……。まずは忙しい社長さんのために、スケジュール管理をするところからはじめてみよう）

頑張っていればきっと、他の社員たちも視線を合わせてくれるに違いない。

そう思った数十分後――。

「――スケジュールは以上になります。予定変更はありますか？」

「ない。……やる気なのはわかるが……この場でも秘書をしなくてもいいと思うが」

「どの場でも秘書らしく！　そう泰川先輩にきつく指導を受けております！　問題があるようでしたら、そこの個室で打ち合わせをしますか？　あ、でも個室利用は、いろいろと邪推されてしまいますね。では女子の個室はいかがですか？　音も流れて爽快で……あ、ここでいいですか。かしこまりました」

……と、胡桃が答えたのは男性トイレである。

イケメンでも出るものは出るのだ。いちいち人の目を気にしておどおどしているよりも、開き直って堂々としていれば、そういうものだと周囲の方が順応する――それは理央から学んだこと。

ここは介護施設、老人の付添いだと自分に言い聞かせていれば、若い男性社員と鉢合わせしても介護スタッフとしか思えなくなる。元気よく挨拶すれば、前屈みになった男性社員から、恐る恐るだが言葉も返る。胡桃から羞恥心はますます薄れ、手応えを感じた秘書業にも一層の熱が入る。

しかし胡桃が用を足す番になると、慧が女子トイレの個室の前で仁王立ちすることになる。慧の家とは違い、個室は狭いために一緒には入れないのだ。胡桃は個室にいるため顔は隠れているが、腕輪というやむを得ない事情があることを知らぬ女性社員たちは、慧がなぜ女子トイレの中で端厳と立っているのかわからず、逃げ出してしまう。

「……俺だけ社員に逃げられるなど、納得いかん。これで腕輪のことなどばれてみろ、俺は変態街道まっしぐらだ。社長の威信も地に堕ちる。いいか、絶対に誰にも悟らせるなよ」

「了解です！」

隠し抜くためには、ふたりは並んで歩かねばならない。少しでも前後にずれてしまえば、腕の角度的に……手を繋いでいるか、拘束マニアにしか見られなくなる。

慧も意識的に胡桃に歩幅を合わせるようになり、ふたりは常に横一列になって、寸分の狂いなく歩くようになった。もはや軍人の行進である。

遅い昼食は、六階の社員食堂を利用した。この時間になれば利用者はちらほらとしかいないが、四人がけの席にふたり並んで座る姿は異様であるらしく、胡桃は奇異なものを見るような視線を感じた。

　食事はブュッフェ形式。好きなものを選べるが、胡桃と慧の好みは正反対。野菜を好む胡桃に対して、慧はとにかく肉ばかり。米がおかずに見える。

「毎回の食事？　自分で選ぶものなら、だいたいが肉だな、てっとり早く腹が膨れる。あ、肉の種類や味はちゃんと変えているぞ」

　理央はなにか言わないのかと尋ねてみれば、彼女は彼以上に肉食とのこと。そういえば慧の祖父も、食事の要望アンケートに『骨つき肉』と書いていたのを思い出す。玖珂の血筋は、よほどの肉好きのようだ。

　そんなワイルドな血を引く慧だが、左手で器用に肉を切り、口に運ぶ姿は上品である。

「ところでじいさんの暗号だが……」

　食後の珈琲を飲みながら、慧は暗号をテーブルに広げた。

「『#SKC$REZ＊、KHD』……ずっと考えていたが、グレイヴ・アクセントがひっかかる。プログラムならまだしも、パソコンを初めて操作する老人が、入力でこれを使うことはまずないと思うんだ。お前は使うか？」

「いいえ。だいたいわたし、大学の卒論を書く時に、初めて独学でパソコンを覚えたので、DVDできっちりと学んでいるおじいちゃんの方が詳しいと思います。唯一わたしがおじいちゃんに教えてあげられたのは、ローマ字とかなの入力切り替えくらいですかねぇ。DVDはローマ字入力ですが、おじいちゃんはかな入力だったので」

「かな入力……」

慧は眉間に皺を寄せて考えこむと、胡桃を急かして社長室へ向かった。

社長室は身分証ではなく、指紋認証でドアが開く。指紋で入れるのは、慧と理央だけらしい。他の部下たちは、身分証をかざした上で慧がスイッチを操作しない限りは、解錠されない。

（つまり忍び込んだところで、社長さんには会えなかった可能性の方が高いんだ……）

たまたま地下駐車場へ移動していてくれたから、慧に会えた。……そのかわり腕輪をはめられることになってしまったが。

慧は窓際の自分のデスクに向かうと、ノート型パソコンのキーボードを覗き込む。

「ああ、やはり！　『＃ＳＫＣ＄ＲＥＺ＊、ＫＨＤ』は、かな入力にすると意味を持つんだ。書き取ってくれ」

慧から手渡されたペンで、胡桃は急いでメモ紙に書いていく。

『あ と の そ う す い つ け ゛ の く し』

「意味は通ったのかもしれませんが、わたしには意味がわかりません。柘植《つげ》の櫛《くし》というのはわかります。おばあちゃんも持っていたし。でも、あとのそうすいとは……」

「……後《あと》埜《の》総帥《そうすい》。後埜ホテルのトップだ」

「それって、都内に幾つもあるあの有名な高級ホテルですか？」

「後埜ホテルは知っているのに、玖珂グループを知らないなんて……まあいい。総帥はじいさんの親友でもある。扇子持っていただろう、『天晴　好々爺』……あれは後埜総帥の直筆で、じいさんの誕生日に贈られたものだ」

「だったら、その後埜さんのところに、柘植の櫛があるんですかね？」

「恐らく。ただ問題は……簡単に総帥が櫛を俺たちに渡すか、だ。もしかすると、暗号を解くより難解になるかもしれん」


「いやじゃ」

後埜総帥の第一声がそれだった。気難しそうな小さな老人は、杖《つえ》をカツンカツンと叩いて続ける。

「泰ちゃんの孫だからと会ってみたら、見返りの呈示もないのに櫛を寄越せじゃと？」

（あああ……社長さんの想像通り、すんなりとくれない……）

「総帥ともなればお金や力をお望みではないでしょう。でしたら私にできるのは……後埜ホテルにご満足いただけるセキュリティを提供することですが」

慧が念のためにと持って来たカバンの中には、会社案内と製品案内のパンフレットが入っていた。それを渡された総帥が、目を通してまずひと言。

「どこのデザイナーを使っているのじゃ。わかりにくく、みすぼらしいカタログじゃな。

ワシが使っておるデザイナーの爪の垢《あか》でも飲ませてやりたい気分じゃ」

文句を言わないと気がすまない性格のようだ。

「しかも機械機械と……ワシはな、懇意にしておる優秀な人間の揃ったセキュリティ会社がある。安全を願うなら、そこに頼むわい」

慧がどんなに理路整然と説明しても、総帥は頑として聞き入れない。機械と人間は相容れないものだという考えに凝り固まっているから、聞く耳を持っていないのだ。

「泰ちゃんが、孫の機械好きには困っていたが、気持ちがよくわかる。なぜ機械に命を預けねばならんのだ。ワシが納得できるまで、機械を取り入れることはおろか櫛はやらん。出直して来い！」

カツンカツンカツン！　無情にも杖が鳴り響く。

胡桃は、怒った慧が覇王の冷光にて老人を心臓発作に追い詰めないかと、ハラハラしていた。しかし彼は至って冷静で、殊勝に頷くと深々と頭を下げた。

（覇王が頭を下げた⁉）

「……ご不快にさせてしまい、申し訳ありませんでした。今日のところは引き下がり、出直します。必ず総帥にご納得いただきに近々参りますので、よろしくお願いします」

慧は終始不遜な態度で、闇雲に周囲を威圧する男ではなく、ＴＰＯは弁えているようだ。しかしその目は戦意を失っていない。むしろ好戦的だ。

負けるつもりがないという明確な意思を受けとった総帥は、それに気分を害することなく、愉快そうに呵々《かか》と笑った。

「親友の孫だからと遠慮しないからの。いつでもかかって来い」

総師も、慧に似て戦闘好きのようだ。

次の予定があるからと言われ、ふたりは退室した。重厚な絨毯《じゅうたん》を踏みしめながら廊下を歩いていると、向こう側からひとりの女性が歩いてきた。

艶めかしい身体の輪郭を強調した、ワイン色のスーツ。女優の如き華やかなオーラを纏う、凄まじい美女である。三十代ぐらいだろうか。

すれ違いざま、慧と美女は同時に足を止めてお互いに振り返った。

「うそ、慧⁉」

「なぜあなたがここに……」

（クールな社長さんがこんなに動揺しているってことは、元恋人とか、忘れられない特別な女性とか……？）

自分とは正反対のこの美女が、彼の特別――そう思った胡桃の胸がちくちくと痛む。

（ばったりと再会したのは運命だとか？　……ヨリ、戻すのかな）

美女が慧に抱きついた時、胸が張り裂けそうになり、胡桃は顔を背けた。

「いやーん。久しぶり～」

しかし……直後に続いたのは、ぱしぱしという破裂音。何ごとかと視線を向けると、美女が慧の両頬を手で叩いている。その様子は、胡桃が想像していた……甘さの片鱗《へんりん》などなにもない。特別な関係ではないのだろうか。

美女は、当惑中の胡桃に気づいたようだ。慧から身体を離し、胡桃の頭を撫《な》でた。

「これはまた可愛いリスちゃんねぇ。慧とお散歩中？　慧は変わってないわねぇ、そのナリで小動物大好きだったもの。……お名前は？　リスちゃん」

「入居胡桃です。あのわたし、リスではないのですが……」

「い……りす⁉　その珍しい名字、あなた……入居梢《こずえ》っていう家族はいる⁉　もう大分昔に、事故で亡くなったけれど」

「入居梢は……わたしの母ですが」

「梢の……子リスなのね。梢の子供は一人っ子のはず。だったらあなたが……二十年くらい前、慧を投げ飛ばしたの？」

胡桃は慧と顔を合わせて、首を傾げた。

「あなたのところ、梢が旧姓で『楠木《くすのき》柔道教室』、梢の旦那が『入居空手道場』を開いていたでしょう。慧を梢のところに道場破りにいかせた時、梢の弟子をすべて倒した慧が、柔道を始めて数日だったおチビちゃんに投げられたの。あの後慧、すごく落ち込んでね……ま、結果オーライよ。あの日以来、それまでそつなくこなしていただけの稽古を、真剣にするようになったのだから。かなりプライド傷つけられたみたいよ～」

――女のくせに、生意気なんだよ。

――女のくせに、男より強くなるなよ。

（確かに……年上の少年を投げ飛ばして、その後にモラハラ受けたけれど）

ちらりと慧を見ると、思い当るふしがあるのか顔を引き攣《つ》らせている。

「時に慧。子リスの母リスは寝技がピカイチだったわ。気をつけなさいね」

妖艶な含み笑いを見せて、美女はバッグから一枚の名刺を取り出し、慧に渡した。

「今私、ここの社長をしているの。なにかあれば連絡をちょうだい。私がスカウトした猛者どもと力になるわ。……おっと、こんな時間。またね」

ウインクと投げキスをして美女は去った。

「華やかな方ですが……どういった方で？」

「俺の武術の師匠だ。多種多様な格闘マニアでもあり、古来より影で日本を支配してきた一族の末裔《まつえい》で、日本各界の表裏問わず太いパイプラインがある。以前、俺が敵に回したくない奴が三人いると話したろう？　そのうちのひとりだ。彼女を本気で怒らせて暴れさせたら、機動隊でも抑えきれないだろう。彼女は今、五十をとうに過ぎている」

胡桃はどこから突っ込んでいいかわからず、絶句した。

「昔、実力試験として、あるところに、道場破りをさせられた覚えがある。それがお前の母親の道場だったんだな。そして俺……また、お前に投げられたのか」

わずかに気落ちしながらため息をつくと、慧は手に持たされた名刺を見た。

「『ＳＳＩシークレットサービス　社長　桜庭《さくらば》恭子《きょうこ》』――後埜総帥が信頼する、優秀な人間の揃ったセキュリティか。……さぁ、どう攻めるかな」

その顔は固いものの、好戦的な光が目に宿っていた。


時刻は夜七時を回っている。

場所は銀座の一角。一般人なら予約は半年待ちとされる日本料理店、高級割烹《かっぽう》カタギリ。

雅な琴のＢＧＭに混ざるように、川のせせらぎにも似た水音が聞こえてくる。

十畳間の個室で、二十代半ばと思われる女性の上品な笑い声が響いた。

透けるような白肌と艶やかな長い黒髪を持つ、清楚《せいそ》な美女の名は十菱弥生《やよい》という。彼女は整った顔を仄《ほの》かに赤らめ、向かい側に座っている慧に語りかけていた。

酒が入ったためにやや饒舌ではあるが、少し舌っ足らずな喋《しゃべ》り方が可愛らしい。決して自分を押し出すことはなく、慧をたてて一歩引いている。

だが慧に向ける眼差しには、ひたむきな情熱を隠そうともせず、明らかに恋情を滲《にじ》ませていることは、恋愛沙汰に疎い胡桃でもわかった。

(立てば芍薬《しゃくやく》、座れば牡丹《ぼたん》、歩く姿は百合の花……のお嬢様か。わたしとは正反対)

弥生から熱い視線を注がれる慧の横で、胡桃は手酌で注いだ冷酒を飲む。

(社長さん、ぐらっとこないのかしら。超絶肉食なのは食事だけ？　ここまで事務的な態度ばかりとられ続けていたら、お嬢様を気の毒に思っちゃう)

弥生に同情しつつも、覇王がデレる場面を想像すると、無性に気分が悪い。

込み上げてくる、謎のむかむか感を紛らわせるために、胡桃はまた酒を呷《あお》る。

思い返すこと数時間前。今日最後の仕事として、急遽《きゅうきょ》会食の予定が入った。

相手は大事な取引先の副社長……のはずだったのに、恰幅《かっぷく》のいい別の相手が、娘と男性秘書を連れていたのである。それは、セキュリティタウンプロジェクトの主催でもある、大手ゼネコン十菱グループ社長、十菱重蔵《じゅうぞう》。大御所である。

胡桃は、弥生と眼鏡をかけたこの美形秘書に見覚えがあった。慧の会社に乗り込んだ時、受付で慧に菓子を手渡したいから会わせろと騒いでいたカップルだったからだ。彼らが受付嬢とやりとりしていた内容を聞いて、まもなく慧が外出することや、社長室のフロアにある直通のエレベーターで、地下駐車場に行くことを知ることができた。

ふたりも社長も、慧とは面識があるようだが、騙《だま》さなければ会えない間柄だということは、決して親しくはないのだろう。その証拠に慧は不愉快そうな顔をしていた。

――副社長は急用ができたようでね。玖珂の御曹司に会食を申し込んでおいて、その約束を反故《ほご》にするのはどうかと悩んでいたから、たまたまその場に居合わせていた私が、名乗りをあげたのだ。きっときみも、コンペ対策の打ち合わせをしたいと思ってね。

真偽のほどはわからないが、そう言われたから、主催者を無下にもできず従ったのだ。

しかし、プロジェクトの話が出たのは、数分あまり。娘自慢に乗ってこない慧の気を引くために出された餌だった。食いついた慧に、社長はにやりと笑い、

——以前、きみに助けられた弥生を見た時も思ったが、きみと娘は実にお似合いだ。これを機に親睦を深めたまえ。お邪魔な私は退席しよう。藤沢、あとは頼むぞ。

会食の半ばで、娘と秘書を残して帰ってしまったのだ。

つまりこの会合の主役は、はじめから社長ではなく娘の弥生だったと悟った慧は、すぐさま帰ろうとしたが、それを阻んだのは秘書、藤沢だ。

——会食の途中ですよ。玖珂の次期当主は、十菱のお嬢様の顔に泥を塗る気ですか？そんなことをしたら、お仕事に影響が出るのでは？

早々に帰った十菱社長のことなど、素知らぬ顔である。

料理もあと数品のことだしと渋々残ってみたものの、いくら待っても次が出てこない。運ばれてくるのは、頼んでもいないアルコールばかり。

胡桃の手にある日本酒は、元々は慧に勧められたものだ。それを慧が断ったため、投棄場のように胡桃の前に置かれた。その前はウイスキー、その前は焼酎。早く下げてもらいたいがため、胡桃は中身を飲んで片づけているのだ。

さすがに目が回っているが、余裕の笑顔を作って飲み続けていると、弥生の横に座る藤沢が、胡桃から銚子《ちょうし》を奪っておちょこに注ぐ。

「入居さん。どうぞ思うぞんぶん、お飲みください。帰りは僕がお送りしますので」

慧と腕輪で繋がれていることを知らない藤沢に、これはお持ち帰り宣言をされているのだろうか。しかし口説き文句にしては、彼の目に熱を感じない。だったら、慧とお嬢様の仲を取り持つために、邪魔者を排除しようとしているのだろうか。

（そうだよね。気を利かせて退席もせず、社長さんの横に居座るわたしは、邪魔だよね）

カタギリの料理は美味しかった。想像以上の絶品だった。しかしその味が思い出せないほど、腹の中がアルコールに満ち、むかむかする。

「――ご心配いりません。彼女をベッドに送り届けるのは私の仕事ですので」

突如、怒りを滲ませて冷ややかに割って入ったのは、寡黙がちだった慧である。

「……ベッドにまで？　彼女は……秘書、ですよね？」

藤沢と弥生の声が重なった。

「ええ、藤沢さんと同じ社長秘書です。ただし、（仕方がなく）私と一緒に暮らしている特別な（期間限定の即席）秘書ですがね」

胡桃は、作為的に省略されたものに異議を唱えようとした。が、太股を慧に抓《つね》られ、声を必死に我慢している間に、手にある酒を奪われて慧に飲み干される。そして――。

「このカタギリは配膳がやけに遅い。これ以上待たされると、これから彼女とふたりきりでしなければならない、夜の仕事に支障が出ますので、これで失礼します」

さらに誤解を招く言葉を選んで、慧は胡桃を連れ出した。

「慧様、お待ちください。せめてプライベートの電話番号を取り交わしたく……」

「その必要性を感じませんね、弥生さん。御用の際には会社にご連絡を。それでは」

覇王は縋《すが》る女の心をも非情に切り捨てた。

「慧様、待って。待って下さい」

帰り支度をした弥生が、慧の後を追いかけてくる。藤沢は会計をしているようだ。

足を止めない慧に耐えかね、弥生は胡桃の腕を摑んで小声で言った。

「慧様と、このあと……ふたりにさせていただけませんか？　少しでいいから」

潤んだ目で切実にお願いをされると、胡桃も言葉に詰まる。

それを叶《かな》えることは、物理的に不可能だ。どんなに離れたくても離れられないのだから。

それは憂鬱の種だ。しかし今だけは、なぜかその事実が胡桃に優越感をもたらした。

胡桃は、弥生みたいな恋をしたことはない。それに対しては羨ましいと感じつつ――。

「申し訳ありません。それを社長が望まれない限り、わたしは了承いたしかねます」

唇を戦慄かせる弥生。慧はふっと笑っているようだ。

それから程なく、弥生には藤沢が手配した迎車が、胡桃たちの前には理央が運転する車が到着する。藤沢に支えられた弥生が何度も振り返り、名残惜しそうに慧に視線を送るが、慧の態度は軟化することはなかった。

弥生と藤沢を見送る胡桃の胸に残ったのは、ほんの少しの罪悪感。

しかしすぐに、不快なむかむか感に掻《か》き消され、胡桃は地面に崩れてしまった。

「おい、大丈夫か？」

慧が心配して覗き込むが、向けられた胡桃の顔にどきりとする。

酒気を帯びて上気した顔。潤んだ大きな目。

それは彼のキスに蕩《とろ》けた時の、扇情的な胡桃の表情だった。

弥生には微塵《みじん》も心動くものがなかった慧だったが、脳髄をがつんとやられたかのように、心身が痺れて心拍数が上がる。

「しゃちょ……さん。わたし……わかったの」

胡桃はなにかを訴えるような切なげな眼差しを向け、慧の頬に触れる。

頬がじんわりと熱を持つ。喉奥が焼けるようにひりつくのは、酒のせいだけではない。

胡桃が紡ぐ言葉を早く聞きたい。いや、待ってなどいられない――渇望にも似た高揚が込み上げる中、胡桃が慧の首元に手を回して抱きついてくる。

ふわりと甘い香りを放ちながら、彼女は慧の耳元で囁いた。

「もう……我慢、できない……」

慧は息を飲み、次第に表情を緩める。顔に浮かんでいたのは、喜悦の情だった。

公衆の面前で、慧が力いっぱい胡桃を抱きしめ返した――その時である。

「うえっぷ。むかむか、我慢、できな……うえ……」

彼女は耐えきれず、慧の胸に盛大に嘔吐《おうと》したのだった。

……それから二十分後、慧は理央とともに、慧のマンションの浴室にいた。

理央は両袖を捲《めく》り、服を脱がせた胡桃の身体を泡立てて洗っているが、ずっと笑いっぱなしである。

「想いが叶ったと言わんばかりの、あの時の慧様の顔！　玖珂のカリスマである覇王が、あんなところでイチャイチャするほどハイテンションだったのに、リスさんにせがまれたのは洗面器化。オスどころか、生物にすらみなしてもらっていないとは。ぷぷぷ」

出来るかぎり左を向いて身体を洗う慧は、反論する気はないようだ。

「慧様、こっち見たいなら見てもいいんですよ。ほ～ら、ふわふわ～、すべすべ～。リスさん、とってもスタイルいいわ～。触ると……あら彼女も気持ちよさそう。感度も十分。あ、慧様ならもう既にチェック済でしたわね。なにせリスさんが絶叫するほどのダニと化したんですから」

慧は無言を貫き、極力胡桃たちにシャワーの飛沫が飛ばぬよう、ノズルの角度を調整して髪を洗い始める。

「しかし慧様は、私にはさかってくれないから、ヤイテシマウワ～」

「思ってもいないことを棒読みするな。お互い、そうなったらこの世の終わりだ」

「まあ、はとことは名ばかりで、生まれながらに私は、本家御曹司に従者として捧《ささ》げられた身の上ですからね。僭越《せんえつ》ながら、慧様はいまだ弟みたいなクソガキですよ。慧様がストレス性のおねしょを繰り返されていた頃、その後始末を当然のように押しつけられるたび、いつ締まりのないご子息を握りつぶしてやろうかと、この手をにぎにぎして時機を窺っていたものです」

「そんなことを思っていたのか、お前は！」

慧の声が、若干恐怖に震える。

「ま、それをぐっと我慢して、証拠隠滅を図り続けてきたおかげで、今ではそれを生業としているんですから、人生なにがどう幸いするかわかりませんね。なにより、あんなに小さかった慧様が、こんなに大きくなるとは、感慨深いですわ……」

「どこを覗き込んでいるんだ、どこを！」

「ふふ。しかし慧様。リスさんが来てから少しずつ変わられていること、私、嬉《うれ》しく思っております。慧様は生まれながら玖珂の後継者として、なにひとつご自身の望みを持つことが許されなかった。覇王となられた今ですら、慧様は玖珂グループを優先なされ、人間に興味を持つことがなく。だから、ひとつくらい欲しいものは欲しいと、ご自分に忠実になって動いてみてもいいと思いますわ。まぁ、そうせざるをえなくなっているのは自覚おありでしょうが。正直私、もっとガツガツいかれるのかと思っていましたけれど」

洗髪をし終えた慧がシャワーを止め、ため息交じりに言った。

「正直……手を出すことに迷いがある。こいつとは腕輪だけの関係だ。腕輪がなくなれば去ってしまうだろう。ならば手を出さない方がいい気もしてな」

「ふふ。矛盾です、慧様。慧様はリスさんへ痕跡を残して、自己主張なされたではありませんか。リスさんから好意を示されたと思って、喜んだではありませんか。矛盾を嫌う慧様ならば、迷いを自覚した時点でもう既に答えは出ているはず」

忠臣からの鋭い指摘に、慧からの返答はなかった。

「手を出さないという選択肢を残しているのは、リスさんを失って傷つきたくないという心の表れ。結局慧様にとって腕輪があろうがなかろうが、リスさんは特別なんです。他の女性とは違い、身体も心も繋がっていたいのです。この先もずっと」

「……さすがは、俺の腹心」

慧は気だるげに笑ってみせる。それは肯定だった。

「褒めてもなにも出てきませんからね。初めての恋だから逡巡《しゅんじゅん》も仕方がないとはいえ……今までどんな難攻不落なものも陥落させてきた覇王が、そんな弱気でどうするんですか。いなくなるのが怖いのなら、いなくならないように今後も繋ぎ止めればいいだけです。出会いなどは所詮、偶然から始まるもの。それを運命にするのかどうかは慧様とリスさんの意思です。腕輪が外れた時、スタートにするのか別れにするのかも、おふたり次第」

慧は端正な顔に、悩ましげな表情を作って考え込む。

「この腹心が慧様にチャンスを差し上げますわ。ええと、確か昨日買ったアレが……」

理央が浴室から出て行った時である。胡桃が身じろぎをして目を開けた。

「ん……社長さん……なんで裸？　あれ……わたしもなんで裸？　……ん？　まさか……寝ているわたしに、いかがわしいことでも⁉　いやああああああ！」

バッチーン！

嘔吐した胡桃に水を飲ませて介抱し、寒くならないようにとずっと暖め、胡桃の身体を見ないようにと背を向ける努力をしていた慧。

彼は、不本意な張り手を食らう羽目になったのである。

浴室内に充満する芳醇《ほうじゅん》な香りを放つのは、広い円形の浴槽に浮かぶ大量の薔薇《ばら》だった。赤、ピンク、薄ピンク……隙間なく並べられている美しき薔薇の彩り。風呂に浮かべられて最後には捨てられてしまう哀れな花たちの総額は、どれほどのものなのか。

（なぜ、こうなった……）

そんな贅沢《ぜいたく》な風呂の中に、胡桃と慧が並んで入っている。

理央から事の顚末《てんまつ》を聞き、胡桃は申し開きもできぬほど己の醜態に恥じ入った。

——もしも慧様に悪いと思われるんでしたら、一緒に浴槽に入っててらっしゃいな。仲直り、です。私がリラックスできるバスグッズを、昨日ちゃんと用意していたんですよ。ね、慧様。慧様もリスさんとお風呂に入りたいですよね。仲を深めるために。

その結果、なんとも甘いムード満点の浴槽に、ふたり並んで浸かっている。

青や黒の薔薇ならまだしも、覇王の異名を持つ彼に、乙女系の薔薇は違和感があった。

（一応はお互いタオルを巻いているとはいえ、社長さん、なぜストップかけなかったのかしら。居たたまれないなあ……）

ちらりと盗み見た慧は、なにかを考え込んでいるようだ。

苦悶の表情を浮かべた顔は憂いを帯びていて、精悍《せいかん》な頬に水滴が伝う様は実に色っぽい。

片手で前髪を掻き上げる仕草も、セクシーで目のやり場に困る。

（いつもは近寄りがたいイケメンなのに、突然色っぽくなるから困っちゃうわ）

そんな当惑を悟られぬよう、咳払いをした胡桃は謝罪をした。

「ほっぺ……すみませんでした。大丈夫ですか？」

「痛くて死にそうだ」

頬に手を当てて項垂れるため、思わず胡桃は身体の位置を変え、慧の顔を覗き込む。

「手加減していたんですけれど、そんな痛むなら骨折しているとか……」

慧の手が頬から離れ、胡桃の右手をとる。そしてふたつの手を、再び彼の頬に当てた。

「こうしていれば痛みがなくなる」

胡桃を見る眼差しは、挑発的な艶と甘さが滲んでいる。

だまされたのだと思うより早く、胡桃は慧に惹《ひ》き込まれてしまった。

今朝、シャワーを浴びていた時のように、慧からオスのフェロモンを感じ取った胡桃は、本能的にぶるりと身震いする。近くにいたら危険だ――胡桃は慧との距離をとろうとするが、腕輪がそれを許さなかった。

「これは便利だな。お前を捕らえるのに役に立つとは」

慧はくつくつと喉奥で笑うと、顔からすっと笑みを引かせた。そして、切なげにも見える自嘲混じりの表情で、気だるげに呟く。

「いや……捕らえられているのは俺の方か」

（なんだろう、酸素が薄いこの空気を変えないといけない気がする）

嫌な予感となにかの期待半々に、どくどくとうるさい音をたてる胡桃の鼓動。それを必死に宥《なだ》めながら、一刻も早く安全領域へ逃げるため、胡桃はあえて場にそぐわぬ朗笑を見せて提案した。

「そろそろ上がりましょう」

しかし慧の声や眼差しが、その奥に揺らめく熱が――胡桃を追い詰め、動きを制した。

「俺がいやなら逃げるがいい。……逃げられるものなら」

逃がす気など毛頭なさそうだ。獰猛《どうもう》な牙を隠した肉食獣の威嚇のように。

恐怖だけならまだしも、揺るぎない強さに魅入られてしまった小動物の末路は――。

「逃げないのなら……このまま、俺の腕の中にいろ」

慧が身を乗り出したその直後、ふたりの唇が重なった。

それは、昨日一方的になされたものとは違い、そっと触れるだけのもの。

スキンシップのような口づけに、胡桃の身体に甘い痺れと熱を広げた。

昨日のような拒否感よりもまず、嬉しいと……、胡桃の身体は彼女に伝えていた。その意味がわからず、胡桃は戸惑いに揺れる。

慧は額同士をこつんとくっつけながら、掠《かす》れた声で囁く。

「もっと、したい」

その直球さに、どくりと、胡桃の心が躍った。

「ど、どうしましたか。湯あたりでも……」

「違う、覚悟を決めただけだ。お前と……心ゆくまでキスをしたい。だがお前がいやなら、これでやめる」

胡桃の意思を確認してきたことに、彼女は驚きに目を瞠《みは》る。すると慧は苦笑した。

「お前に……胡桃に、嫌われたくないから」

さらに名前で呼ばれ、胡桃の身体がぶわりと総毛立つ。

卑怯《ひきょう》だと思う。こんな状況で、それは。

腕輪という物理的理由だけではなく、精神的な逃げ場すらも奪われていく。

こんな狭い場所ならば投げ飛ばすこともできない。なにより彼は強いから——などというのは言い訳だと、胡桃もわかっていた。その気になればどうとでも抵抗できる。そうしないのは、したくないからだ。不可抗力的に、慧に吸い寄せられているからなのだ。

（悔しい……拒めないなんて。拒みたくないなんて……。どうして……）

ちょっと押せば簡単に身体を許す——他の女と同レベルに思われて迫られているのなら、なおさら悔しくてたまらない。

……そんな心の内が慧にも伝わったのだろう。彼は言った。

「言えよ、思っていること。俺相手なら、遠慮なく言えるはずだ」

決定権を胡桃に委ねながらも、慧は催促しているように胡桃の頬を撫で、指先で彼女の唇に触れている。それだけでのぼせあがりそうになりながら、胡桃は真情を吐露する。

「わたし……誰とでもこんなことをする軽い女じゃないんです」

「……ん」

「正直、社長さんの印象は最悪ですし」

「知っている」

「ただ、社長さんは素敵かもしれないと思うことはありました。しかしわたしは、それに絆《ほだ》されて流される女ではありません。元彼には『時間をかけて堅すぎる殻を割っても、出て来た実は枯れて、まずいマグロ味だった』と失望され、捨てられたこともあります。でもわたしから言わせてもらえば、容赦なくガンガン叩けばいいってもんじゃない。嫌々顔を出したのだから、美味しい味になるはずないじゃないですか。完全な痛み損です」

「……なんとなく事情は察した」

「お察しありがとうございます。そんなこんなで、そういうことから遠ざかってきたわたしですが……正直なところ、悔しいことに……この非現実的な空間演出と、セクシーで優しい社長さんに、堅い殻ごと、絶賛ぐらぐらパニック中です」

慧は、くっと口元を吊り上げた。

「つまり、いつもとは違う気分になっているということだな？　少なくとも、最初にキスした時よりは、いやではないと」

「そ、そういうことになりますかね」

「あとの問題点は、お前を優しく殻から取り出せばいいんだろう？　力ずくで割るのではなく、お前が自らの意思で殻から顔を出したくなるようにすれば、お前も美味くなる」

「ま、まあ……それが理想的ではありますが」

問題点を絞られ、具体的な解決策を呈示されるのは、まるで会議での一幕のようだ。

「お前が嫌悪しないのなら、なにも問題ない」

慧はすりと頬同士を擂り合わせる。まるで獣のじゃれあい……求愛行動だ。

くすぐったくて胡桃が身じろぎすると、慧は彼女の顎をくいと上げて、至近距離から見つめた。

その目にはいつもの冷徹さはなく、熱を帯びてぎらつきを見せている。

慧のストレートな欲情を目の当りにし、胡桃はぶるっと身体を震わせた。

「お前の許可はとった。……いいな？」

「う、うう……」

「いいな？」

わずか数ミリまで迫る……魅惑的な唇の誘惑に、胡桃は抗うことができなかった。

「はい……」

逃げられない——観念して胡桃が目を瞑《つぶ》るのと、唇が奪われるのが同時だった。

薔薇と慧の匂いが濃厚に入り混じる浴室で、湿った音が響く。

しっとりとした唇が、角度を変えて胡桃の唇に吸いついてくるたび、胡桃は心地よい甘い痺れに酔いしれて、身体の強ばりを解いていった。

やがて舌を軽く出した慧が、胡桃の上下の唇をゆっくり舐《な》めた。胡桃が躊躇《ためら》いがちに唇を薄く開くと舌が差し込まれ、胡桃の舌にねっとりと絡みついて淫靡《いんび》に動く。

胡桃の身体に、ぞくぞくとした甘い電流が走る。下腹部の奥がじんわりと熱くなり、秘処が淫らに蕩けて切なく疼《うず》いていた。

（ああ、たまらない。社長さんが相手なら、キスだけで、こんなになってしまうなんて。気持ちよすぎて、脳まで蕩けてしまいそう……）

慧に誘導されるがまま、くねらせた舌先をいやらしく絡み合わせ、舌の根元までじゅっと音をたてて吸い合う。

淫らなキスを交わすほどに陶酔感と至福感が強まり、無性に慧に甘えたい気持ちになる。もっと体中で、慧を感じてみたくなる。

（敬遠したい相手だったはずなのに、もっと彼を知りたい……）

元彼となにが違うのだろう。押し切られて付き合ったとはいえ、そこに愛はあったはずなのに、気持ちいいとはまったく思えなかった。

（経験値の違い？）

慧はこうして、他の女性を蕩けさせるキスをして技術を磨いたのだろうか——そう考えると、胸の奥にちりちりと焦げつくような痛みを感じた。

自分も彼の技術の糧になるのだろうか。そして彼は次の女性にも、こうしたキスをするのだろうか。

踏み台にされるのかと思うと、無性に恨めしい。思わず目を開くと、慧がじっと胡桃を見つめていた。

漆黒の瞳は熱に蕩けて潤み、色っぽい。それが優しく細められた瞬間、胡桃は胸が射貫かれた衝撃を感じ、気が遠くなりそうだった。

「がっつきすぎたか。少し、休憩をしよう」

唇を離した慧は、くったりとした胡桃を膝の上に跨《また》がらせると、胡桃が彼の胸に凭《もた》れかかりやすいように、己の身体を斜めに傾けた。そして腕輪が繋がった手の指を絡ませて握り、自由な片手で優しく胡桃の頭を撫で始める。

（な、なんなのこのイチャイチャモード。これがあのしかめっ面で非情な覇王？）

そう思いながらも、この甘い雰囲気に浸りたくなる。胡桃はすりと……精悍な胸板に頬を寄せた。すると頬を撫でられ、胡桃の口から自然にうっとりとした吐息が漏れた。

「あんなに気持ちいいキスは初めてだったから、加減ができなかった」

耳元で囁かれるのは、まるで睦言。一瞬ときめいてしまうが、百戦錬磨の慧が、こんな経験値の低い女とのキスを満喫しているなどありえないだろう。これは彼なりのピロートークの類いであり、お愛想だ。円満に幕を閉じたいのかもしれないと思うと、すっと胡桃の心が冷えた。

（見え透いたお世辞でわたしが喜ぶと思われているのだとすれば、むかむかする）

「わたしですらあんな甘々なキスをされるのなら、歴代の恋人さんとのキスは、さぞかしすごいんでしょうね。あ、別に自慢話はいりませんが」

「自慢もなにも……恋人など作りたいと思ったことはないから、キスをしたことがない。愛情が通っていると勘違いさせてしまうリスクなど負いたくない。面倒臭いだけだ」

「だったら、キス以外の愛のない行為はしているということですね？」

胡桃の声が硬質なものになる。

「仕事を円滑に進めるための、リフレッシュみたいなものだ。一度きりだとしても、報酬はきちんと出しているし、相手の了承を得ている。ビジネスみたいなものだな」

「は、はぁ……。そういうものですかね」

「そういうものだ。だがいくら万全を尽くしても、女はすぐ次回や特別性を求めてくるから、うんざりなんだ。ここ数年は会社も軌道に乗り、リフレッシュする必要もなくなったし、忙しくてそんな暇もない。元々俺はそこまで性欲は強くないんだ。……他の女には」

「ああ、しばしご無沙汰だったから、朝、お元気だったんですね」

「……っ、あれはお前の……いや、男の生理現象だ！　そんなことより、お前にだけはキスをしている意味を考えないのか？」

「後腐れないからなのでは？　腕輪とともに終わる関係だから」

言っていて悲しくなった。ちらりと慧を見ると、慧も傷ついた顔をしている。

（え、不正解？）

「だったらお前は、明日にでも腕輪が外れたら、もう俺とこんなキスをしないのか？」

「キスは今、終わりましたよね。むしろ明日も続くと言われた方に驚きですが」

慧はなにかを言いかけたが、眉間に皺を寄せると口を引き結ぶ。そして大きなため息をひとつつくと、まっすぐに胡桃を見て言った。

「俺はお前に欲情している。痛いくらいだ」

胡桃の腰は強く引き寄せられ、彼に密着させられた。胡桃の腹部に感じるのは――。

「これをお前の中に入れて、お前に包まれながら、キスをしてひとつに溶けたい」

あまりにもストレートすぎるが、熱杭《ねっくい》の感触に呼応したみたいに、胡桃の子宮が疼く。

胡桃の身体も、彼が欲しいと告げている。

（キスだけではなく、セックス……するの？）

慧なら……痛くない気がした。キスであんなに気持ちいいのなら、もっと深いところで繋がったら、どれだけの快楽が待ち受けているのだろう。どれだけ幸せに思うだろう。

期待に身体を熱くさせた胡桃に、慧が言った。

「だけど、入れない。お前と最後までするのは腕輪が外れたらにする」

（どうして、蛇の生殺し宣言を!?）

「あ、あのですね……、別に腕輪が外れるのを待たず、今からでも……」

（お腹の……ノックしてきておねだりしているし、わたしもいやではないのですが）

胡桃はもじもじして誘ったのだが、生憎、慧には伝わらなかった。

「さっさとしてすぐに終わらせろと、そう言うのか」

慧は悔しげに顔を歪《ゆが》ませると、低く呻《うめ》く。

「言ってません、まるでそんなことは言っていません！」

胡桃が否定するほどに、図星だったと判断した慧は、ぎらついた目を細めた。そして片腕で胡桃を荒々しく抱きしめると、その耳元に囁く。

「俺から、簡単に逃げられるなどと思うなよ。玖珂の血と覇王の名にかけて、俺なしではいられなくしてやる。言っただろう、躾けてやると」

「……っ」

「腕輪が外れたら、お前は……俺のものだ」

自信と懇願が入り混じったような声がした直後、耳に舌を這《は》わせられる。

「耳、ぅ……んんっ、ぃや……舐めない、で……」

燻《くすぶ》っていた快感の波がさざめき、胡桃は身を竦《すく》める。

「お前は……本当に感じやすい。だったら、このまま溺れろよ。俺に抱かれたい、離れられないと思うほど、ずぶずぶに」

掠れた声が響くと同時に、タオルが剝ぎ取られた。胡桃の肌に這う慧の手が、彼女の胸を包み込み、ゆっくりと揉《も》みしだく。

「ひゃう！　あ、あんっ、やっ、こんな声……」

慧の手の動きに応じて、胡桃の身体が揺れ、弾んだ甘ったるい声が止まらない。

「この薔薇が邪魔だな……。俺にもっと寄りかかって、手を俺の首に回して。そうだ」

じんじんしていた胸の先端をきゅっと摘まれ、くりくりと捏《こ》ねられる。胡桃はたまらずに、甲高い嬌声《きょうせい》を響かせた。

「そんなに蕩けた顔をして……俺を煽っているのか」

胡桃の唇は慧に奪われ、獰猛に口腔《こうこう》内を蹂躙《じゅうりん》される。その荒々しさにすら快感を覚えるなど、自分はどうなってしまったのだろうと、胡桃は涙目で考えるが答えが出ない。

ただわかるのは、相手が慧だから、こんないやらしいことにも身を委ねきっているということぐらいだ。誰にでも身体を開く女だと思われたくなかった。

唇を離すと目が合う。熱に蕩けた漆黒の瞳が、ゆらゆらと揺れている。

なにかが伝わるようで伝わらない——そんなもどかしさに焦れた心地になった時、どちらからともなく再び唇が重なった。離れてもすぐに吸い寄せられ、唇が触れあう。

この急いたような衝動が大きすぎて、胡桃は泣きたい気持ちになってくる。

そんな時、胸を愛撫していた手がいつの間にか腰に回り、そのまま尻の合間に滑り落ちた。慧の指はさざめく花弁を割ると、蕩けきっている花園の表面を優しく擦り始める。

「んんぅ！」

ざわざわとした快感の波に、肌が粟立《あわだ》つ。もどかしかった部分が刺激を受けて、おかしくなりそうだ。そんな彼女の姿を、慧はじっと見つめている。熱を帯びた眼差しを細めて。

「いや……らしくて、ごめんな……さい」

「……なぜ謝る？」

「なにか……怒っている、から」

するとと慧が苦笑した。

「怒ってなどいない。理性と戦っていたんだ」

慧の指が花園の上で忙しく円を描き、蜜口から中に入ってくる。

「言っただろう？　この中に、入りたいんだと。宣誓をしていなければ、この中に根元まで埋めて、お前を味わうことができるのに」

指がゆっくりと抜き差しされる。久しぶりの異物の挿入に、胡桃は引き攣った息を繰り返す。

「は、入って……あ……ん」

「最後までしないだけで、俺のを入れなければＯＫだ」

「な、なに……それ」

「もっとお前の顔を見せて。……痛くはないか？」

声音と同じく、慧の指は優しく胡桃の内壁を擦り上げてくる。昔は痛いだけだった行為が、奥から止めどない快楽の波が押し寄せてくるようで、胡桃は震えた。

「痛くない、けど……んうっ！」

「けど、なんだ？」

「なにか……怖い。痛いだけだったのに……こんな、気持ちよくて、ぁあ……ずぶずぶと、底なし沼に……溺れていきそうで……ああんっ」

「俺になら溺れていい」

胡桃の額に熱い唇を押し当てながら、慧は熱い吐息をこぼす。

「……たまらないな。俺の指をきゅうきゅうと締めつけて、こんなに熟してとろとろに蜜を滴らせて。……なにが枯れた実だ。お前、男を見る目がないぞ。こんなに反応して俺を誘うくらいなら、さっさと俺だけに堕ちてこいよ」

剝き出しの部分で深層に触れあう行為が、堕ちるという言葉で表現されるものなら。

指だけでは満足できない。もっと慧を感じられる部分で繋がりたい――。

（わたし……とっくに社長さんに堕ちているのに）

胡桃は追い詰められながら慧にせがむ。

「……指じゃなく、入れて……ください。お腹に当たる、社長さんを」

慧が息を飲むのがわかった。

「わたしも……社長さんに、抱かれたい……」

切実なのは身体なのか心なのか。

はしたなく誘わずにいられないほど、慧が欲しい。

「俺のものになるのか？」

慧らしくなく緊張に強張った、掠れた声だった。

それが、セックスをする愛人になれということでもいい。

とにかく、慧とひとつになりたくてたまらず、胡桃は頷いた。

……そう、恋愛感情よりも肉体の欲求に素直に従ったのだ。

「そうか！　だったら……俺の気持ちが通じたんだな」

胡桃がどきりとするほど、慧は美しく顔を綻ばせたが、すぐにすっと笑みを引いた。

「駄目だ、腕輪が外れるまではできない。玖珂の血をかけて誓ったのだから」

「別に、神様に誓ったわけでは……」

「玖珂は神官の血だ。言葉に宿る言霊を重んじる。だから宣誓を違えることはできん」

どんな理由であるにしろ、慧には引き返せる余裕があるのだ。なりふり構わずせがんだ胡桃とは違って。

「そんなの……あとで謝れば……」

胡桃の声は涙声である。

「駄目だ。腕輪を外してからでないと。神の罰が下り、お前がヤリ逃げしそうだ」

「そんなはずない……ひゃあああっ！」

胡桃が恨めしげに慧を睨みつけた時、尻をつかまれて浮かされた。思わず膝をつくと下から硬いものでごりごりと花園を擦り上げられ、胡桃は仰け反る。

「しないって、言ったのに……」

花園の表面には、熱くて太いものがぴったりとくっついている。その正体がわかると、胡桃の秘処は潤んでひくついた。すると呼応したように、慧のそれもびくっと動く。

「中には入れない。だが、それ以外はする。でなければ、俺が死にそうなんだ」

唇を奪われ、舌を搦《から》めとられる。キスに痺れて声を漏らした時、慧の腰が動き出した。

胡桃の蜜をあますところなく、昂《たかぶ》る己自身になすりつけるように。

(なにこれ、気持ちいい。たまらない……)

粘膜同士の擦り合いに夢中になりすぎて、胡桃は慧が湯栓を抜いたことに気づかなかった。みるみるうちに水位は減っていき、身体に薔薇がまとわりついている。

耽美《たんび》な景色の中でしている行為は動物的。それが倒錯的な刺激となって、胡桃の感度をさらに高めるスパイスになっていく。

「ああ、胡桃。気持ちいいな。俺、表面だけなのに……イッてしまいそうだ」

端正な顔は恍惚《こうこつ》感にとろりとしていた。時折苦しげに眉根を寄せては、薄く開いた唇から乱れた息をこぼし、男の色気を惜しみなく撒《ま》き散らしている。

(感じて……くれているんだ、彼も)

視線が合うと、切れ長の目は柔らかい曲線を描き、胡桃の唇を求めてくる。縺《もつ》れたように舌を絡み合わせると、花園を緩やかに動いていた熱杭の動きが変わり、硬い先端で蕩けきった部分を小刻みに抉《えぐ》ってきた。

「やっ、あっ、んんっ」

喘《あえ》ぎ声は、外したはずの唇にまた塞がれ、消えていく。

身体に走っていた甘い痺れが鋭さを持ち、ざわざわと荒波をたてる。逃げ場がないところにまで追い詰められた危機感があるのに、全身で慧を感じている悦びの方が強かった。

擬似的挿入をされてひとつになっている気がして、嬉しい。

(ああ、この人が愛おしくなってくる……。離れたくない)

腕輪があってもなくても、繋がっていられたのなら——。

そんな淡い希望を抱いた時、唇が外れ、慧が胡桃の顔を覗き込んで言った。

「胡桃……、お前だけだからな。こんなことをしてまで、俺を感じて慣れてもらいたいのは。早く腕輪を外して、繋がろうな。ずっと……」

慧の手が胡桃の腹を撫でる。途端にとろりとしたものが奥から溢れてきた。摩擦音に粘着質な音が強まったのと、滑る感触で慧も気づいたらしく、悩ましげな吐息をつく。

「ああ、たまらん。本当にお前の元彼は……どうしようもないクズだったんだな。こんなに敏感な可愛い女を濡らしてやることも、一緒に気持ちよくなることもできないなど」

上擦って、掠れた声だった。

「二度と他の男に、心も体も許すな。この先はずっと……俺だけにしておけ」

その眼差しは気だるそうなのに、しっかりとした熱が滾《たぎ》っていた。

——女はすぐ次回や特別性を求めてくるから、うんざりなんだ。

心がぎゅっと摑まれる心地で、無性に泣きたくなってくる。

(勘違い……しそうになってしまう。彼が求めているのは、恋愛ではないのに)

だったらなにを求められているのだろう。定期的に気持ちいいことをしあう愛人?

「なぜ泣く!」

「泣くほど気持ちがいいんです!」

ひどい誤魔化し方だと思ったが、意外に慧には効果があったようだ。

「そうか。だったら……もっと気持ちよくなろう。俺と一緒に」

胡桃の頭を撫で、口づけを交わしながら、慧の腰の律動が激しくなる。

溢れた蜜に滑る熱杭の音が胡桃の耳に届く。それはまるで快楽に溺れる自分のようだ。

悲しみにも似た感情を振り払うように、胡桃は慧が与える刺激に集中する。

灼熱《しゃくねつ》は怒張して獰猛さを強めていく。

快感の波が大きなうねりとなり、胡桃の中で弾けそうな危険性を孕《はら》んだ。

「あ、あっ、駄目、駄目……なにかがきちゃう。怖い、へんになる……」

「大丈夫だ。俺がいるだろう? ああでも俺も……へんになりそう、だ……」

急いた呼吸を繰り返し、切羽詰まった視線を交わし合う。

「胡桃……、愛……してる」

その瞬間、怒濤《どとう》のごとく一気に押し寄せた波に、胡桃は悲鳴をあげて弾け飛んだ。

それと同時に慧もぶるりと大きな身体を震わせ、官能的な声音で呻く。

慧の香りが濃厚になった瞬間、腹部に熱が吐き出された。

(イッて……くれたんだ。わたしで……)

息を整えながら感動していると、切なげな表情をした慧に唇を奪われた。

――胡桃……、愛……してる。

……聞き間違えだ。相手を勘違いさせたくない慧が、そんなことを言うはずもない。

それはきっと――自分が望んだ言葉だったのだ。

(わたし……愛されたいんだ。好きに……なりかけているのね、彼を)

その恋はあまりにも不毛だ。彼が求めているのは、腕輪を外して尚も後腐れなく続く、ただの愛人関係。すぐに恋に堕ちる女など、慧は求めていないのだ。

(恋を育てる前に忘れなきゃ……。この関係に、こんな感情など苦しいだけ)

胡桃は慧とのキスに酔いしれながら、一筋の涙を流して目を閉じた。

第三章　愛枷は切ない想いを引き留める

「慧様。洗面器からダニへのご復帰と、軍隊を指揮する覇王ダニへのご昇進、おめでとうございます」

翌朝、車を運転しながら理央が言った。

「しかし、その痕跡の数といい、範囲といい……軍隊ダニに襲われたとリスさんが青ざめていたのも頷《うなず》けます。……どれだけ求めているんですか。昨夜は本懐を遂げられ、欲求不満は解消されたのでは？」

後部座席では、慧が眠り続ける胡桃の頭を自分の肩に凭《もた》れさせ、その頭を撫《な》でている。

「誰のせいだ、誰の。俺を暴走させる着替えを用意するな」

胡桃は昨夜、浴室で眠り込んでしまった。彼女が風邪をひかぬよう着替えさせた後は、ともにぐっすりと寝ようと思っていたのだ。

しかし理央が用意していた着替えは、すぐに解ける細い紐《ひも》がついた小さなショーツと、ピンク色のスケスケベビードール。

明らかに慧の理性を壊しにかかる危険物だった。

彼の服でも着せようかと思ったが、それはそれで妙な興奮を誘う。そのため、理央の着替えは下着だと思うことにして、その上に新たなタオルを巻いて寝室に連れていった。

ランプの明かりをつけたまま目を閉じていたら、胡桃が暑いとタオルを剝ぎ、今度は寒いと慧に抱きつくと、また寝技をかけて足を絡めてくる。胡桃の味を中途半端に知ってしまった慧の身体は、熱を持って極度に興奮してしまった。後埜総帥の宿題を考えていたが昂《たかぶ》りは鎮まらず、胡桃に痕跡を残して満足をしようとしていたところ、歯止めが利かなくなってしまった。

そんな時、トイレに起きた胡桃が、洗面台の鏡に映る自分の格好……よりも、肌に咲いた赤い華に目を瞠《みは》り、眠っていたらダニに食われると怖がった。

それを宥《なだ》めていたはずなのに、気づけばキスと愛撫《あいぶ》を繰り返し、また擦り合ってしまった。艶めく胡桃を見ると、ほぼエンドレスに猛るため、結局ふたりとも寝不足だ。

これならいっそ最後まで抱いた方が、お互いすっきりと眠れそうにも思うが、ここは胡桃を永続的に繫《つな》ぎ止めるため、自分のたてた誓いを破るわけにはいかない。

「慧様。ひとつ、お伺いしますが……リスさんと一線を越えられたのですよね？　私の予想では、昨日とは違って今朝は、慧様もリスさんもお肌ツヤツヤでパワーが漲《みなぎ》り、イチャイチャモード全開で、私は胸焼けしているはずなんですが。朝からリスさんにはその様子はなく寝てばかりで、慧様のクマは濃くなっている。その理由は一体？」

「一線は越えていない。それは腕輪を外した時にと約束したんだ。苦肉の策だが、胡桃を繋ぎ止めるため、今は寸前で耐えている。苦しくもあるが……心はもう繋がっていると思うと、嬉《うれ》しさの方が勝るよ」

慧は口元を緩めて、胡桃の頬を愛おしげに撫でる。

「……慧様。お喜びの最中、水を差すようで恐縮ですが、少々確認したい点があります。リスさんと心が繋がっていると思われている根拠は、きちんと愛の告白をし合ったからで、その上で一線を越える寸前のことをしていらっしゃったのですよね」

「ああ、したぞ。胡桃は他の女とは違い特別だと何度も言った。その上で欲情しているとわかりやすく口にした。それに対しこいつは、さっさと終わらせろというレベルから、俺に抱かれたいと自分から言い出し、俺のものになるかと尋ねたら頷いたんだ。きちんと合意の確認をとっていたし、胡桃の抱える問題点も整理してから事に及んでいる。問題ない」

「いいえ、問題あります。慧様……そのプレゼンは、愛の告白ではありません。私が言っているのは、『欲情する理由は愛しているからで、腕輪が外れても恋人としてそばにいたい、またはいてほしい』と、言葉で確認し合ったのか、ということです」

するとと慧は考え込み、首を傾げる。

「最後に感極まって、俺が口走った気もするが……返事はなかったな。聞こえてなかったんだろう。子供じゃあるまいし、そんなことといちいち確認するまでもないだろう。胡桃は俺のものになることに同意したし、俺もあからさますぎるほど態度で示した。あれだけの快楽は……お互いに恋愛感情があればこそ。想いが通じ合っている証拠だ」

自信満々の慧の返答に、理央は片手で頭を押さえながら言った。

「察するに、リスさんはあまり恋愛の経験がありません。さらに慧様に限っては、経験値がゼロ。そのおふたりが、核心めいた言葉もないのに想いが通じ合えるとお思いですか！」

「俺は婉曲《えんきょく》ではなくストレートに胡桃を求めたぞ。それに胡桃が応じたんだ。だから」

するど理央は盛大なため息をついた。

「……慧様。身体が欲しいとストレートに言う前に、好きだと言わなければ。それではただの身体目的に聞こえます。恋愛感情は無視して、愛人やセフレの関係をストレートに求めているようにしか思えません」

「は？」

「そんな慧様にリスさんが応じたのは、彼女にとって慧様の肉体は魅力的だけれど、その心は必要ない……と思われているのでは？」

「し、しかし。割り切ったことができないと、胡桃が自分で……」

「そんなリスさんを押し切ったのでは？　覇王の威信にかけて」

慧は答えなかった。いろいろと思い当たるふしがあるからだ。

「まさか、リスさんが特別だと言うために、他の女性たちのことは話していませんよね。たとえば、相手が慧様に本気になるのがいやだとか、セックスはリフレッシュするためで愛の行為ではないとか。その上でこんなに気持ちいいのはお前が初めてだから、腕輪が外れても俺のものになれ……とか云々《うんぬん》」

慧が無言を貫くことで肯定すると、理央のため息が聞こえてきた。

「なぜそんな余計なことを……」

「他の女たちとは、違うということを強調したかったんだ」

「その結果、めでたく愛人契約の成立おめでとう……いえ、ご愁傷様です、慧様」

慧は落胆した顔を、片手で覆って呟《つぶや》いた。

「また、仕切り直しか……。でも俺はひかんぞ」

……好戦的に目を光らせる慧には、撤退の二文字はなかった。


「ほら、着いたぞ。起きろ」

頬をぺちぺちと叩《たた》かれて目を覚ませば、微笑んだ慧の顔が視界に飛び込んでくる。

その顔は窓から差し込む光を浴びて煌《きら》めいており、情事の余韻を感じさせる色気を漂わせていた。

――胡桃、俺もイキそうだ。

突如慧の官能的な声が蘇《よみがえ》る。浴室だけではなくベッドでも発情し、快感をせがんで欲深に乱れたことを思い出した。

――社長さん、もっと……もっとして。社長さんと気持ちよく、なりたい……。

痴態の数々が脳裏に蘇り、胡桃はその顔色を赤に青にと忙しく変化させる。

（そうだ。朝もそれで慌てたんだわ。だけど尋常ではない眠気に襲われて、わたしの思考のすべては夢かもしれないから、早く目覚めようと思って……寝てしまったんだ。ということは、淫らなあれこれはすべて夢の記憶であって、現実にはなかったってことも……）

上目遣いで慧を窺《うかが》うと、彼は軽く咳払《せきばら》いをしてから胡桃に耳打ちした。

「そんな潤んだ目で俺を誘うな。今ここでその唇、奪いたくなる」

（夢ではなかった！）

胡桃は羞恥と落胆の入り混じった顔を、ぶんぶんと横に振り続けた。

腕輪が外れたら最後まで……という慧の切なる願いは何度も聞き、胡桃も頷いていた覚えはあるが、それが履行される確実性はない。慧にその気がなくなるかもしれない。

（社長さんはあんなことがあっても平然として、わたしをからかえるだけの余裕があるみたいだけれど、わたしは……やばいな。完全に意識しちゃっているから）

胸の奥にある恋の残り火。それがある限り、慧が求めるままの関係に甘んじてしまう気がする。彼に触れられると気持ちよく、幸せになる喜びを知ってしまったがゆえに。

（これが……愛人の立場か）

慧に愛を望んではいけない。慧に愛を伝えてはいけない。

割り切りができない自分と、それができる彼は、快楽を通じてのみ求め合える関係――。

胡桃は差し込む太陽の眩《まぶ》しさに泣きたい心地になってくる。

(仕方がない、自分で了承しちゃったんだから。もう……なるようになれ、よ)

「……ふぅん？　一方通行でもないのかしら……」

なにやら呟く声と視線を感じてそちらに目を向ければ、バックミラーにこちらを見ている理央の目があった。

「おはようございます、リスさん。今日もお仕事頑張ってくださいね。それからその口紅は、クレンジングを使わない限りは落ちにくく、慧様にもつかない優秀なものですので、ご安心を。とはいえ、時間とともに潤い感は若干なくなりますので、できれば慧様からではなく、口紅から潤い補給して下さいね」

(キスをしたってこと、気づかれている……)

胡桃は小さくなって、それからまともに理央の顔が見られなくなってしまった。

(彼女はどう思っているだろう……)

慧とは恋愛感情で結ばれていないと理央は言った。

慧は胡桃のことを他の女と違うからと特別視したが、それを言うなら理央だってそうだろう。いくら身内であろうとも、秘めたる閨事《ねやごと》も彼女には話すほど、慧にとっては信頼を寄せる美女だ。そうした点では腕輪で繋がった胡桃より、その心は常に慧のそばにある。

(わたしに欲情するくらいなら、彼女に欲情してもいいはず。セックスしたことあるのかな。この口紅は彼女の経験から選定されたもの？)

理央には好意しかなかったはずなのに、慧のことを思うともやもやしてしまう。彼女と自分を比較しても意味はないのに、あれが違うこれが違うと嘆いてしまう。

（うう、これって完全に……社長さんが嫌う女まっしぐらじゃない。恋心が少し顔を出した途端、これだもの。こんなんじゃ駄目だわ。恋を忘れて仕事をびしっとしないと！）

とはいえ、俄《にわか》秘書にできることは限られており、理央が秘書業務のほとんどをしてくれている。さらに慧の片腕として動き回り、拉致未遂の一件から必ず運転手をする。その処理能力の差に、胡桃はどうしてもため息をついてしまうのだった。

朝一番にあるのは、プロジェクト会議である。しかし慧はそのまま会議室には行かずに、先に社長室に寄ると言う。

社長室に入るやいなや、胡桃は閉めたドアに背を押しつけられ、慧に唇を奪われた。

ねっとりと濃厚に舌を絡ませては口腔《こうこう》内を攻め立てられる。ここが会社であることを忘れてしまうほど、甘美なキスに胡桃の身体が痺《しび》れていく。

「浮かない顔をしすぎだ。ため息も多すぎる。俺とのことをなかったことにしそうだったから、ここに連れて来た」

どくん、と胡桃の心が躍る。

「なかったことに……できればいいんですけれどね」

性欲の情動から〝愛人〟を受け入れ、淫らな快楽に耽《ふけ》ってしまった。最悪にも、その後に不毛な恋に気づいたのに、度重なる誘惑に負けて、いまだこうして発情する。もっとしてほしいと、身体が疼《うず》いてている。……そんな女ではなかったはずなのに。

「なかったことに……したいのか？」

翳《かげ》りを帯びた表情は、傷ついているようにも見えて、胡桃は思わず息を飲む。

「でも、それだけはできない」

慧は胡桃を胸に掻《か》き抱き、静かに言った。

「あのな、昨日……大事なことをお前に言い忘れていた。というか、身体や態度から伝わっていると高を括りすぎていたことを、理央に指摘されて、思いきり呆《あき》れ返られた」

(泰川さんと……そんな話までしているんだ)

胡桃の胸の奥が、棘《とげ》でも刺さったようなちくりとした痛みを感じた。

「なぜそこまでお前が欲しいのか、理由を言わせてほしい」

「聞きましたよ。欲情したと」

「欲情した理由は言っていない」

(ムラムラした理由⁉)

まさか今から、官能小説の朗読の如き独白を始めようというのか。

「いりませんよ、詳細なんて秘めておきましょうよ」

朝からなんというプレイを仕掛けてくるのだと、胡桃は赤くなる。

「わたしも社長さんもお互い欲情して気持ちよくなりたいと思った。同じ気持ちだったのなら、それでいいじゃないですか」

重くならない愛人らしく、からりと言ったつもりが、慧の表情は曇る。

「お前は特別だと……言ったよな」

「はい。だから別に他の方のように、合意をなかったことにして責任をとれなどと迫るつもりは毛頭ありませんし。わたしが社長さんに本気にならないから、特別に思われていることくらい、心得ていますってば」

慧は歪《ゆが》ませた顔を胡桃の肩に埋めると、額を胡桃の首に押しつけ、呻《うめ》きながらぐりぐりと頭を振る。大型の動物がじゃれている……というより駄々を捏《こ》ねているみたいだ。肌をかすめる慧の毛先のくすぐったさに耐えていると、大きなため息をつかれた。首がじんわりと熱くなってくる。

「これが、現実か……」

そして慧は顔を上げると、胡桃の目をじっと見つめた。

疲労感漂う面持ちの中、眼差しだけは熱が滾《たぎ》っている。

欲情にも似て非なる切実さを感じた胡桃は、とくりと心臓を跳ねさせた。

「俺は……お前に愛されたいんだ」

それはあまりに意外すぎる言葉だった。胡桃は一瞬、愛の告白をされている気分になったが、愛など必要ないと断言していた慧に、それはありえないと儚《はかな》い期待を否定する。

だとすれば、彼は一体、なにを告げようとしているのだろう。

（欲情した理由を言おうとしたことといい、この不可解な行動から考えられることは……）

「それはわたしに、自らの快楽に溺れるのではなく、もっと愛人らしく愛ある射精介助をしろと、言われているのでしょうか。まさかここで、淫らな奉仕を望まれています？」

慧の眉間に皺《しわ》が寄る。不正解だったらしい。

「俺はお前を愛人になどしたつもりはない。……本気なんだ」

慧が切なげに訴えた時、内線が鳴り響いた。それを無視して慧が続ける。

「胡桃。俺はお前のことを……」

今度は慧の背広から、スマホが着信音を告げた。

慧は苛立たしげに顔を歪ませ、騒音に負けじと告白を強行しようとしたが、胡桃は話を聞く心境にはならない。とにかくふたつの電話が気になるのだ。

「あの、どちらかでも電話……出られては？」

「電話より、大事な話をしているんだよ」

「ここは会社の社長室。仕事のお電話の方が大事です。仕事命の社長が私語を優先して、千載一遇のビジネスチャンスを棒に振ったら、どうするんですか？」

舌打ちした慧は恨めしげに胡桃を睨《にら》みつけると、スマホを取り出した。

「誰だ、この電話番号。もしもし……え、後埜総帥⁉」

胡桃は恭しく応答している慧を、デスクにまで移動させた。腕輪を外すためのキーパーソンとの電話に、鳴り続ける内線音はうるさいだけだ。代理応答くらいはできる。

「ええ、もちろん考えて……今日の一時、ですか。あ、はい。いえ、案がないなどとんでもない……」

（総師を満足させる案、考えつく前に催促されちゃったんだ……。社長さんならノープランではないだろうけれど、即席なものだと総師が見抜いたら、杖《つえ》でカツンカツンして怒りだして、櫛《くし》なんて渡してくれなさそう）

胡桃は青ざめながら、内線の受話器を耳にあて応答すると、太い男の声がした。

『プロジェクトチーム副リーダーの織羽です。会議が始まっているのですが……』

胡桃は、慌てて柱の時計を見た。会議の開始予定時刻から十五分もオーバーしている。

青ざめる胡桃の脳裏に、理央の声が蘇った。

――リスさん。慧様は開始の十分前には席に着いておられる方。遅刻がないよう、しっかりとサポートするのが秘書であるリスさんの役目です。それくらいはできるはずです。

（わたし……時間告知もできない役立たずだ……）

電話を切ってため息をついたのは、ふたり同時だった。


今回のプロジェクト会議の参加者は十名。小早川と専務の代わりに、研究所員だと挨拶したふたりの男たち、女性部長や年配重役など新たな顔ぶれがある。

（なぜ専務もいなくなったのかしら。なにか言いたげだったけど、わからないままね）

小早川は退職したと、車の中で理央から聞いた。

――彼は有能で評価が高く、大きなプロジェクトにはだいたい関わっていました。それゆえ、天狗《てんぐ》になってしまった彼は、慧様の決定を受けて初心に返るどころか、新人に混ざって研修することを不当だと考えたのでしょう。残念なことです。

新リーダーに抜擢《ばってき》された吉野は小早川とは違い、ひとりで突っ走る自信家ではなく、チームの意見を大事にする男らしい。たくさんの意見を反映しているのだろうプレゼンは、客観的に思えた。依然カタカナや英語、数値は多かったが、初心者にもわかる丁寧な説明だったため、胡桃は眠気に襲われずに最後まで聞き入った。

吉野の発表が終わると、場は静まり返る。慧が強制終了させなかったのは、好ましく思ったからではないかと、胡桃はそっと慧を窺い見たが、慧は渋い顔をしていた。

慧は、研究所員たちに専門用語を用いた質問を数点ぶつけて、その回答を得た後、しかめっ面をしたままトントンと指でテーブルを叩いた。

緊張感漂う場に言葉はなく、社長が裁決を下すのを皆が固唾を呑《の》んで見守っている。

やがて指を止めた慧が、重い口を開いた。

「こんな面倒な手段を踏んで工期を伸ばさずとも、ＡＩで一括管理にすれば時間も労力も金も短縮できる。わざわざ人間を介在させたセキュリティを提唱する理由はなんだ？」

すると吉野はメンバーと顔を見合わせ、震える声で説明する。

「その……プロジェクト協議会の実行委員に聞いてみたんです。彼らが心に描くセキュリティというものを。すると……機械だけのものは不安だと……」

その返答に、慧は眉を顰《ひそ》める。

「つまりお前たちは、人を超えたシステムを押し出すセキュアウィンクルムの社員でありながら、機械化に不安がるクライアントを説得出来るほど、機械化のよさや弱点克服の方策を考えられなかったということか」

彼らは返答の代わりに、項垂れた。

「ここはセキュリティプロジェクトの骨格の部分だ。答えによっては、我が社が押し出す最先端システムの脆弱性《ぜいじゃくせい》を曝《さら》すことにもなる。完璧な安全性が必要な老人や子供に不適当なプロジェクトなら、街単位の構想など机上の空論になる。なぜ相手が機械化に不安を感じると思うのか、意見を述べてみろ」

老人という言葉を耳にして、後埜総帥の言葉が蘇る。

――なぜ機械に命を預けねばならんのだ。

(なるほど。社長さん自慢の自社システムのよさを総帥にわかってもらえないのは、社長さんもまた、後埜総帥が信じる『人間が守るよさ』をわかっていないからだ)

「他に意見はないのか」

慧は出された意見に納得いかなかったらしく、その声を苛立たせた。

場に緊張感が走った瞬間、「はい！」と大きく挙手したのは胡桃だった。

慧だけではなく他の社員もぎょっとした顔を向けてくるため、胡桃はびくついて言う。

「ひ、秘書は駄目ですか、意見言うの……」

「……いやいい。言ってみろ」

慧の目が若干哀れんでいたのは、脳筋リスの浅知恵だと思われたためか。

むっとするのをぐっと堪え、胡桃は答えた。

「人間を介在させたいのは、セキュリティが人間を守るものだからでは？」

静寂がやけに身に滲《し》みて逃げ出したくなるが、理央から学んだ『秘書の心得』を心で繰り返しながら、余裕めいた笑みを顔に浮かべる。

「守るものは、人間の身体だけではなく心も対象ですよね？　生きている人間の心を、機械が守れますか？」

「もっと具体的に続けてくれ」

慧は机に片肘をつき、考え込む姿勢をとりながら、胡桃を促した。

「たとえばあるマンションで、機械が一元管理している完璧なセキュリティがあるとします。キーレスで、複雑な機械操作もなく、機械が苦手なお年寄りも子供も安心。しかしその安心感って、コンシェルジュが『いってらっしゃいませ』『おかえりなさいませ』と挨拶してくれる安心感とは違います。機械は笑顔を作れない、冷たいものですから」

場は少しざわついたが、無視して胡桃は続けた。

「たとえば介護士。介護士の仕事は体力的にもキツいし、精神的に落ち込むことも多々。汚物まみれになって、汚れも匂いもとれずに泣きたくなることもある過酷な職業です。そりゃあ介護ロボットがいてくれれば楽です。嫌なことは全部任せてしまえばいい。でも、介護される側にとってはどうですかね？　ロボットは、介護される人の尊厳まで守ってくれると思いますか？　むしろ機械によって、ぞんざいに扱われている……惨めな気分になってしまわないですか？」

「つまり、もっと根本的なところに立ち返れと言いたいのか？」

「そこまで大仰なものではなく。要は安全と安心はワンセット。安全を全面的に打ち出した機械だけのセキュリティにするのなら、機械と人間との温度差をどれだけなくせるかによって、利用者の安心や満足度も変わる。セキュリティは、守る側と守られる側の信頼関係で成り立つのかなと思ったわけでして。営利や利便よりも、ひとの心を大切にすれば……」

慧が大きなため息をついたため、胡桃は小さくなって言葉を途切れさせた。

（うわ、的外れなこと言っちゃったんだわ）

しかしゆっくりと上げられた慧の顔には、悔しげな笑みが浮かんでいた。

そうした社長の表情は珍しいのか、参加者は目を瞠って慧を見つめているが、瓶底眼鏡をかけた副リーダーの織羽だけが、口元を歪めて、なぜかにやりと笑っている。

（そういえば彼、最初からそんな表情だったけれど、癖？　それとも意味があるの？）

妙なひっかかりを覚える胡桃の横で、慧がチームメンバーに申し渡す。

「今の意見を元に、もう一度案を練り直せ。上手くいけば、そのシステムは介護施設だけではなく、老舗ホテルを経営する老人世代にも受け入れられるかもしれん」

胡桃の顔が、ぱぁっと明るくなった。

(わたし、役に立てたんだわ！　そしてたぶん、この様子なら社長さん自身にも、後埜総帥攻略のヒントになった……って、なに？　突然なに⁉)

腕輪で繫がった手を、慧が指を絡ませて握ってきたからだ。

大勢の視線を浴びながら、テーブルの下でなされている……ふたりだけの秘めごと。背徳感と優越感に、胡桃の鼓動がドクドクと脈打った。

愛撫のように指を弄る慧の手が熱くて、くらくらしてくる。

……会議の内容は、もう胡桃の耳に届くことはなかった。


「ほう……。つまらんものなど考えるなと怒鳴ろうと思っておったが、一日でずいぶんと煮詰めて、方向性を変えてきたな」

後埜総帥は慧の説明に驚いた顔を見せた。その手にあるのは杖ではなく、即席で作った資料だ。煮詰めるどころか、数時間で作り上げたものである。

(ハードだった……。死ぬかと思った……)

胡桃は数時間前の……会議から戻った社長室での修羅場を思い出すと、涙目になった。

会議中に手を握られていたのがアメだとすれば、それ以降はムチだった。

パソコン操作が不慣れで、提案資料の作成などの事務経験がない胡桃と、高度な分析能力がありパソコン操作ができるが、高い同時処理能力をもってしても書類作りにまでは手が回らない慧の共同作業。タイムリミットは一時間と少し――。

（うぅ。泰川さんが緊急招集に応じてくれなかったら、どうなっていたんだろう……）

――慧様、パソコンはお任せを。リスさん、印刷した書類をホッチキスでとめて、私が言うところにマーカーをつけ、慧様の確認をとってください。もしリスさんの目で、レイアウト的にご老人にはどうかというところがありましたら、私に言ってくださいね。

最後には誰が誰に指示しているのかわからない中、なんとか完成した資料を携え、こうして余裕ぶって総帥の前に座っているのである。

「お主は自社製品に自信があると言っておった。ここまで我が後埜ホテルに沿った形に譲歩し、機械だけではなく人を配置しようと思った理由はなんだ？」

「我が社の大切な社員に、恥ずかしながら気づかされまして。利用者にその性能をわかってもらうだけが大切なことではなく、利用者の安心をどのようにして守るかを考えて提案し、どれだけの信頼関係を築けるのかが、セキュリティ会社として必要かと」

慧は涼やかな目を柔らかく細めて、胡桃を見た。

「以前、想いと伝統を大切にしている熱海の旅館で仕事をしたことがあります。旅館の若旦那より、人と人との信頼と温もりを大切にしたいと聞き、思うところはあったはずだったのに、どうやら私は技術に慢心してそれを忘れ、総帥が求めているものを見逃しておりました。……申し訳ございませんでした」

誠意を見せた慧に、総帥は大きく唸《うな》った。そして、ぽいっと資料をテーブルに放り投げる。気に食わなかったのかと身体を強張らせるふたりに、総帥は言う。

「ワシは専属のセキュリティ会社は変える気はない。だが後埜ホテルのセキュリティは別だ。……よいか、まだ決定はしておらんぞ。だが、見積りを作ってこい」

胡桃と慧は顔を見合わせてから、頭を下げて感謝と喜びを伝えた。

「ただし、見積りを見るためには条件がある。……桜庭くんのところのＳＳＩとの提携を考えよ。桜庭くんとは知り合いで、昨日会っておることは聞いている」

「しかし、私どもはシステム特化型の……」

「吸収合併ではなく業務提携じゃ。桜庭くんのところも機械のプロがいるが、あくまでそれは調査のため。彼らは人を守るための強靱《きょうじん》な身体と知恵と経験、銃を武器にして柔軟な対応ができるが、警護守備範囲に限界がある。お主のところは、優れた機械で遠隔警護が可能かもしれぬが、想定外の動きをされたり、機械自体を破壊されたりすれば無意味」

鋭い指摘に慧の顔が強張った。実際、胡桃の想定外の動きによって、不法侵入を阻むはずのセキュリティシステムは役に立たなかったのだから。

（会議で誰もが口にしなかった機械の弱点を、会ったばかりの総帥は簡単に言えるんだ……）

総帥は、ただの我儘《わがまま》で偏屈な老人ではないのだろう。

「互いの弱点を補い合えば無敵なセキュリティとなる。ワシはホテルごと……日本一のプロフェッショナルのセキュリティに守られたいのじゃ！」

……若干、私情を優先する傾向が強いようではあるが。

慧はくすりと笑った。

「私に……選択の余地などありますでしょうか。総帥は始めから、彼女と引き合わすことを画策なさっていたのでは？　だからきっと、昨日あの時間に彼女はいた」

「さあて」

空惚《そらとぼ》けた総帥は、かっかっと笑った。

「あくまで対等な業務提携であるのなら、ともにセキュリティ分野の発展と弱点補完のため、桜庭社長の会社と協力することには、社長として依存はありません」

「そうかそうか。では桜庭くんに、黒宮くんを派遣するように連絡しておくぞ」

「黒宮？」

「主任の優秀な調査員で、我が孫の婿じゃ。後々、後埜グループを任せるつもりだ」

（なるほど。だからどうしても面通しして仲良くさせたいわけね。玖珂の跡取りと。このおじいちゃん、抜け目ないなあ）

総帥は約束の時間があるらしく、ひとまず穏やかに二回目の打ち合わせを終えた。

総帥は帰りがけに、多種多様のホテルのパンフレットを詰めた紙袋を慧に持たせた。一枚残らず、隅々まで見て、後埜ホテルを勉強してから見積りを作ってこいと告げて。

「うわ、とても豪華なパンフレットやリーフレットですね。芸術作品みたい」

車の中で広げて感嘆の声を出していた胡桃は、肝心なものを手にしていないことに、はたと気づいた。柘植の櫛をもらっていないことを。

「柘植《つげ》の櫛、いつもらえるんだろう……。無かったことにされませんよね？」

「……なぁ、紙袋から中身を全部出してみろ」

慧に従うと、紙袋の底に小さな封筒が貼り付けられているのがわかった。慧に促されるまま、それを取り外して中を覗《のぞ》くと――。

「櫛、櫛！　社長さん、櫛がありました!!」

椿《つばき》の絵がついた焦げ茶色の櫛が出てくる。胡桃は大興奮で慧に渡す。

「理央、瑞翔閣へ！」

弾んだ慧の声に呼応したように、ぐうんとアクセルが踏み込まれた。

第一関門突破。目を輝かせている胡桃に、慧がそっと囁《ささや》いた。

「腕輪、早く外したい？」

「勿論《もちろん》です！」

「それは……どういう理由で？」

慧から向けられる、艶っぽい流し目に胡桃はどきりとする。

――お前と最後までするのは腕輪が外れたらにする。

慧の言葉を思い出すと、途端に身体が熱くなってきた。

（わたしったら！　社長さんが突然色っぽくなったから、条件反射よ、これは）

返答に言い淀《よど》むと、慧は小さくため息をつき、腕輪で繋がった手を握ってくる。

「……今夜、家で改めて聞いてほしいことがある」

――俺はお前を愛人になどしたつもりはない。……本気なんだ。

――胡桃。俺はお前のことを……。

（なにを言われるのだろう……。愛の告白のはずないし）

胡桃の心臓は、不安にドクドクと早鐘を打っていた。


……その頃、後埜総帥は友人に電話をしていた。

「おお、泰ちゃんか。なんだ、声に元気がないが……大丈夫ならよい。今な、ワシの要望が叶《かな》った形で話は進んだぞ。……そうじゃ、泰ちゃんの発案通りだ。泰ちゃんの憂いにも、ようやく気づいたようだぞ。ワシとしてはもうちっと引っ張りたかったが、自らの非を認めて頭を下げるなど、あまりに殊勝だから……本当じゃ、だからアレを渡したぞい。……泰ちゃんのお気に入りの介護士のことか？　……いやいや。茉理《まつり》の方が可愛いし、黒宮くんの方が……いやいやいやいや」

孫を自慢しあう老人同士の電話は、電話の相手に来客があるまで続くのだった。

夜の帳《とばり》に包まれた都会の夜景は、宝石を散りばめたみたいに煌めいていた。

そんなムード満点な景色が広がるリビングの窓。帰宅したばかりの胡桃は、それを眺めるどころか背を向けたまま、ぐったりとソファに座ってぼやく。

「おじいちゃん……元気そうでよかったですね……」

瑞翔閣に行ったのは、まだ明るい時間帯だった。そして持参した櫛は正解だった。

すんなりと次のステージに進むとは思わなかったものの、次の問題と鍵を盾にした『天晴 好々爺』に、消灯時間まで付き合わされたのだ。

「元気すぎて我儘三昧で駄々捏ねられて、仕事を後回しにして花札やら囲碁将棋やら遊戯の相手をした上に、一緒に夕飯まで食わされ……土産に持たされたのが鍵ではなく、新たな暗号となる写真の半分というのが、実に腹立たしいが」

慧の手にあるのは白黒写真。そこには髪をまとめた着物姿の女性が写っている。匂い立つような美しさだ。二十代くらいだろうか。彼女は、四、五歳の幼女の手を引いて、微笑んでいる。その背後に写っているのは、なにかの建物らしい。

「場劇都帝？」

「帝都劇場。昔だから右読みだ。大正……というより、昭和初期だな」

「綺麗《きれい》な女性ですよね。『ＴＨＥ女優』という感じです。この写真、右の切り口が斜めだから、右半分があるのかもしれませんね」

――この写真からわかる、ワシが一番望むものを持ってこい。それが正解なら、鍵を渡してやる。ワシも忙しくなって遊ぶ時間がなくなってきての、今日は満喫したから大判振る舞いじゃ。

孫と介護士とで遊んだ末に、老人は呵々《かか》と笑った。

この先も翻弄されると覚悟したふたりにとっては、これで最後の謎解きというのは意外であった。だがそれを突っ込むといつ臍《へそ》を曲げるかわからないため、おとなしく写真をもらってはきたものの、こんな昔の写真から、老人の望みなど読み取れるはずがない。

「……この女性に会いたいということかしら。社長さんのお祖母さまということは……」

「ばあさんの面影がない。それにばあさんは俺が六歳の頃に亡くなった。さすがに、死んだ人間を連れて来いとは言わんだろう」

「遺品とか……」

「すべてじいさんが処分しているはず。これはばあさんではないと思うが……どこかで見た顔なんだよな」

「あ、社長さんもそう思います？　実は最初に見た時、誰かに似ていると思って」

「……瑞翔閣で見たのか？」

「思い返しているんですが、写真に結びつく入居者がいないんですよね。ただこの写真、素人とは思えない美貌だし、テレビや雑誌で見たことがあるのかも。瑞翔閣には往年の大女優さんもいらっしゃるから、それで記憶が刺激されたという線も考えられますね」

「瑞翔閣でじいさんが仲良くしていた女性入居者はいなかったのか？」

「いませんね。おじいちゃん、基本若い女の子が好きだし。まあ、おじいちゃんに限ったことではないですけれども。皆さんお元気だから」

すると慧はいやそうな顔をして、写真を裏返しにしてテーブルに叩きつける。

「お前、瑞翔閣やめろ。そんな危険なところにお前を置いておけるか」

「危険って……おじいちゃんとおばあちゃん相手のサービス業だし、わたし武道が……」

「駄目だ。お前は男に警戒心がなさすぎる。俺ですらお前の警戒を解くのに時間がかかっているのに、なんで年寄りにはそんなに無防備に心を見せるんだ。老将でも現役だろうが」

「一線から引退なさって、隠居なさっている方も多いですが」

「その意味ではない。孕《はら》ませられたらどうするんだ！」

「わたしは介護士ですよ⁉　お年寄りが安心して生活できるために心を砕き、力を尽くすのがお仕事です！　いかがわしいことを妄想しないでくださいよ」

「仕事なら、俺専属になればいいだろう。俺のためにお前のすべてを捧《ささ》げてくれれば」

慧は一体なにを怒っているのだろう。

胡桃は眉間に力を込めて考えこみ、尋ねた。

「つまり、愛人以外に、社長さんの専属介護もしろと？　でもトイレもお食事も着替えも、社長さんは左手一本でできているし、むしろわたしは利き腕が使えるのに、社長さんの介助を受けていますが……あ、腕輪が外れた後の、老後の心配をされています？」

「していない！　介護ではなく……ああ、もうこっちに来い」

　胡桃は慧の上に座らせられた。

「あ、あの……」

　こうして抱擁スタイルになると、身体が蜜事を思い出してしまう。

　途端に恥じらってもじもじする胡桃を見つめ、慧はゆったりと目を細める。

「俺のこと、意識しているのか？」

「――っ⁉　と、とんでもありません。わたしは重くない愛人……」

「だからそれはやめろって。萎える」

　そう言いながら慧は胡桃を抱きしめるが、萎えているどころか硬い。

「俺は、身体だけの女はいらない」

　熱っぽい眼差しで言い切られる。

「……もう、お役御免ですか。……泰川さんが、いるから？」

　ちりちりとした胸の痛みを堪えて、思わず口から出たのは嫉妬の言葉。

「理央？　なんでそこにあいつが出てくる？」

　胡桃ははっと我に返って誤魔化すが、慧はそれを許さない。胡桃はぼそぼそと言った。

「彼女、美人ですよね……。スタイルもいいし」

「まあ、確かに見てくれだけはいいから、男は群がるな」

慧だって群がる男のひとりではないか——そう思いつつ、続けた。

「……有能で、社長さん代理として動けるし」

「古い付き合いだからな。俺の影となって動けるようにと教育されているから、俺の思考に一番近いのがあいつかもしれん」

慧が称賛するたびに、劣等感が強くなる。しょげながら胡桃はさらに続けた。

「社長さんは一番心を許しているんですよね。その……わたしとのことも口にできるほど」

「俺が言う前に察しているからな、あいつの場合」

相思相愛だと言われているようで、泣きたくなってくる。

「——で、理央がなんだ？　あいつがお前になにかしたか？　だったら俺が説教を……」

「そうじゃないんです。彼女に困っているとかじゃなくて……。社長さんが身体だけの愛人というものを必要ないというのなら、社長さんと泰川さんだって、愛人を超えた特別な関係だということでしょう？　わたしのいる意味、ないのではと……」

するとと慧は眉を顰めた。

「……なぜお前と理央が同列なんだ。俺は理央を愛人にしたことはおろか、欲情もキスもしたことがない。俺、お前だけが特別だと言ったよな。理央がどうのと言ったか？」

「言われていませんが、見ていれば特別な関係だということはわかるし」

すると慧は少し考え、そしてじっと胡桃を見つめながら言った。

「真実はさておき、つまり……特別なのはお前ひとりにしてくれと、言っているのか？」

「そ、そんなことは……」

胡桃の反応は、図星をさされたと言っているも同然の態度だった。すると慧は意地悪な笑いを浮かべて、胡桃の耳に囁く。

「だったら、理央としてもいいのか？　お前と俺がした……いやらしいこと」

「……っ」

「たくさんキスをして、舌を絡ませて……あの部分も擦り合って、一緒にイッても？」

慧の口から語られる情景は、妙なリアルさを掻き立てる。胡桃は、その情景を思い浮かべただけでぞっとした。そして胸が悲痛に張り裂けそうになる。

「いや……」

胡桃の口からするりと漏れた拒絶の言葉。そしてその目から涙が零れる。

「他の女性と、そんなこと……しちゃいやだ……」

止めようとしてもぽろぽろと流れる涙を、慧は熱い唇で拭っていく。

「どうしていやだ？」

その声は優しいが、熱が籠もっている。

「そんなの……」

(好きだから)

昨夜、恋心を自覚したばかりだから、恋の火は消せると思った。

しかし、慧が……愛がなくても他の女性を抱いていると思ったら、たとえそれが疑似であってもこんなにもつらい。さらにこの先、慧が愛をもって誰かに触れることを考えたら、拒絶感に身体がばらばらになりそうだ。

オンリーワンの愛人だけでも満足できない。抑えたはずの恋情は、膨れあがっていたのだ。こんな切ない慕情、どうすればやり過ごすことができるのかわからない。

傲岸不遜で上から目線。性格は合わないし相性は最悪だ――そう否定してみても、腕輪で繋がれたこの数日間、苦痛には思わなかった。

冷酷な覇王は、実は優しい面があり、生真面目さや人間味があった。客観的になろうとすれば、新たな部分を好ましく思ってしまう。

自分はちょろい女ではないと思うのに、プライベートで時折覗かせる……激情を秘めたぎらついた眼差しや甘さを滲ませた眼差しを自分だけが独占したいと思うのだ。

逆説と矛盾だらけのこの感情を恋だというのなら、今まで自分は恋をしたことがなかったということだろう。

厄介な枷《かせ》みたいに、払っても払ってもまとわりついてくる、抗しがたい気持ちは。

そしてこの数日間、近づいたのは身体だけ。

腕輪が外れて最後まで抱かれることがあっても、それは愛の行為ではない。

ふたりを繋ぐものがなくなった途端、自分もまた他の女と同じ立場になるだろう。

――俺の愛があるのだと勘違いさせてしまうリスクなど負いたくない。面倒臭いだけだ。

特別なのは、腕輪という今の特殊な環境があってこそ――。

（ああ、わたし……彼の心が欲しいんだ。心ごと、愛してもらいたいんだ）

「胡桃？　言えよ。どうしていやだ？」

言えるわけがない。それを口にして面倒な女に成り果てれば、彼はすぐに興味をなくすだろう。結局彼が特別な存在として傍に置き続けるのは、自分以外の女――。

腕輪を外したくない。これがある限り、理央よりも慧を独占できるのだから。

腕輪が外れるのが怖い。特殊な環境から解放された時、彼からの特別感を失ってしまったら。

（どうしよう。好きという気持ちと泰川さんへの嫉妬でぐちゃぐちゃだ）

慧の愛人でいるということは、自分の立場を思い知るということだ。

本命になりえない日陰の存在。耐えていれば、愛してもらえる存在――。

その立場が無性に虚しくて、嗚咽《おえつ》混じりに答える。

「言えない。言えないけど……いやです」

すると慧は苦笑して、あやすようにぽんぽんと胡桃の背を優しく叩いた。

「俺もいやだ。もし胡桃が他の男とそうなったら。嫉妬して嫉妬して……その男にどんな報復をするかわからん。社会的抹殺にとどめられる自信がない」

甘い言葉とは裏腹に、さらりと物騒なことを言われた気がするが、そこはあえてスルーすることにした。

「慰めなんていらないです。社長さんもそうやって思わせぶりなことを言うから……女性も勘違いしちゃうんです。自分は嫉妬されるほど愛されている、だから特別なんだと」

他の女たちに同情する一方で、慧に対してむかむかしてしまう。

(セックスはリフレッシュだの、次回や特別性を求める女はうんざりだの、鬼畜な覇王ならフォロー入れずにばっさり切り捨てればいいのに。そうすれば、わたしだって……)

「慰めではなく、本心だ。それにこんなこと言うのは、お前だけだぞ。そもそも他の女には、独占欲も未練もないから、嫉妬なんていう情は湧かん。リップサービスをするほど、俺は女には困っていないし、暇でもない。だけどこんな程度の言葉で、お前が俺に愛されていると思ってくれるのなら、いくらでも言うが」

「……っ、そういうことをほいほい言わないでください。わたしだって一応は女なんです。そんなこと言われ続けると、〝愛とは無縁の身体だけの愛人〟でいられなくなる……」

最後まで言葉が続かなかったのは、慧に唇を塞がれたからだ。

「愛人愛人とうるさいのは、この口か」

そして今度はゆっくりと、角度を変えて触れるだけのキスをされる。

「俺が望むのは、お前の望みとは逆だ。身体だけではなく、お前の心も欲しい。身も心も愛し合う関係という意味での愛人なら大歓迎だが、身体だけの関係なら却下だ」

「え?」

慧が謎めいた笑みを浮かべて、ゆっくりと顔を近づけてくると、胡桃の耳元で囁いた。

「俺は……お前に惚《ほ》れている。かなり重症だ」

熱い吐息が耳を掠《かす》めて、胡桃はぶるりと身震いをした。

（ああ、とうとうわたし……幻聴まで聞こえるようになってしまった。社長さんが愛の告白なんかするはずもないのに）

気まずさに目を泳がせていた胡桃は、慧に顎を摑《つか》まれ、彼の正面に固定された。

「胡桃、俺を見ろ」

熱が滾った漆黒の瞳。そこには揶揄《やゆ》の色は見られない。

「――お前が好きだ」

慧のまっすぐな眼差しに囚われ、彼の熱にじわじわと侵蝕《しんしょく》されていく。

「初めてなんだ、女を好きになったのは。女から、俺のすべてを愛されたいと思うのは」

「……っ」

「お前は特別なんだ。だから欲情して、抱きたくてたまらなくなる。愛おしくてキスが止まらない。身体だけが欲しくて、お前に迫っていたわけじゃない。身体から始めてでも、お前の心を引き止めて繋いでおきたかったからだ。腕輪が外れても、俺の元から離れていかないように」

「社長、さ……」

（好きって……同じだということ？　わたしが抱えている気持ちと）

心臓がどくどくと鳴り響いて、うるさい。

「それを先に言うべきだったな。通じたのだと勝手に思ってしまったんだ。お前に抱かれたいと言われた時点で」

（そういえば昨日、気持ちが通じたんだな、と言われた気はする……。それって、心を求められていたの？）

慧の真意を知らずに、勝手に身体だけの関係を作り上げてしまったのは、胡桃だ。

しかし胡桃の中には、諸手を挙げて喜べない……燻《くすぶ》るものが残っていた。

「でも……泰川さんに対する特別感は、ただのはとこというものだけではないですよね。わかっています、うざいことを言っているの。でもどうしても気になってしまって。だって泰川さんの方が魅力的なのに、わたしが選ばれる理由がわからない」

するとと慧はため息をついて、胡桃に言った。

「わかった。だったら……トップシークレットを教えてやる」

「トップシークレット？」

慧はなぜかスマホを取り出すと、理央にビデオ通話をつなぐ。

『どうしました、慧様。ビデオ通話とは珍しい』

風呂に入っていたのだろう。画面では、バスローブ姿の理央が、濡《ぬ》れ髪をタオルで拭いている。その魅惑的な色っぽさは、胡桃ですらドキドキしてしまう。

「理央。その場でバスローブを脱げ。ただし上だけでいい。如何なる質問も却下する」

「社長さん、なにを言っているんですか！」

くすくすと理央が笑っている。

『リスさん。ここでクイズです。私がパワハラに従う理由はなんでしょう』

（この横暴な要求に従っちゃうの？　なんで⁉）

『一、プライベートでも慧様はドSなご主人様で、私はドMな奴隷だから。二、プライベートでは私がドSなご主人様だけど、後でドM奴隷の慧様を躾《しつ》けし直すためのプレイにするから。三、慧様の境遇を察して哀れんでいるから。四、いつもこうして、空腹になった慧様のオカズとなっているから。五、私は、露出狂の変態だったから』

（え、この中に答えがあるの？　わざわざ尋ねてくるということは意外性があるのが正解かしら。だったら……）

　胡桃の脳裏に、赤いピンヒールをはき黒いボンデージ姿の理央が思い浮かぶ。その前にいるのは、全裸で四つん這《ば》いになり隷属させられた覇王。ボールギャグを口に咥《くわ》えた彼に向かって、理央のムチが――。

「……二？」

　恐る恐る答えると、理央が爆笑し、慧が不機嫌になる。

「なぜその選択肢なんだ。それが一番ありえないだろうが！　理央、早くしろ」

　笑い続ける理央はもったいぶりながら、少しずつバスローブを剝いでいく。

『……では慧様。これでよろしいかしら』

　画面に見えたのは――骨張った身体に筋肉がついた上半身。

　その胸は女性のものではなかった。それはどう見ても――。

「お、おおお、男⁉　え、えええええ⁉」

『正解ですわ、リスさん。諜報《ちょうほう》活動がしやすいようにと女装している方が長いですが、私、男なんです。……あ、今股間カバー外しているので、下もご覧になられます？　きっと慧様より……』

慧は問答無用で終話ボタンを押し、さらに電源を切ったスマホを放り捨てる。

（わたしなんかより、よっぽど色っぽい美女なのに。わたし、女やめたくなってきた。でも、ちょっと待って。わたし男性に、お風呂や着替えを手伝ってもらっていたの？）

理央が異性である方が、いろいろと問題が多い気がする。

「……ということは、社長さんと泰川さんは、イケない同性愛とか……」

「考えただけで虫唾が走る。見ろ、この鳥肌」

「す、すみません……」

「そういうことで、理央は男だ。あいつは、俺が十一歳の頃からずっと一緒だった。親密な点では確かに特別ではあるが、お前が考えているものとは違う。恋愛感情も身体の結びつきもない。俺にとって特別な女は、胡桃……お前だけだ」

「……っ」

（ドキドキがとまらない。好きな人に告白されるということがこんなに嬉しいなんて……）

「俺の名前を呼んで欲しい。もしお前が、俺と同じ気持ちになってくれているのなら。俺と心を繋げたいと思って……なんで泣く！」

胡桃はぼたぼたと涙をこぼしながら、笑みを作った。

「――わたしもあなたが好きです、慧さま」

慧は嬉しそうに笑いかけたが、すっと笑みを引かせて真摯な顔で言う。

「〝さま〟はやめてくれ。俺はお前を隷属する気はない」

「……け、けけけ、け……」

「奇妙な笑い方をするな」

「笑っていません！　け、け……慧、さん。……これで精一杯です、突然呼び捨てなんてハードルが高すぎです。目上である社長さんへの最低限の礼儀だと思ってください」

「だったら、腕輪がある間は保留にしてやる。それが取れた時……呼んでくれ」

慧は目許を和らげて笑う。

「身体を繋げる時は、ひとりの女として素の俺を求めて欲しい」

慧がぶわりと放つ色気と、その言葉の内容に、胡桃の頭が沸騰する。

「最後まで……というのは、有効なんですね。別に外す前でも……」

すると慧に額を小突かれる。

「俺は宣誓を違えないと言っただろう。言葉で誓ったものを取り消す男であったら、お前への愛も真実味がなくなる。言葉は大切にしてこそ、力を持つ」

「……っ」

「核心的な言葉を疎かにした結果、お前は身体だけの愛人になっていたからな」

「そ、それは……正直、気持ちに気づいたのは昨日のことで。快楽に流されたから好きだと思ったのか、好きだから快楽に流されたのか微妙なところがあって。だから愛人関係を了承した部分もあるというか……」

「……身体からでもいい。必ず俺がお前を振り向かせる。どうせ結果は同じだ」

慧は悠然と笑う。

なんという自信だろう。しかし間違ってはいない。現に、あれだけ離れたいと思っていた苦手な相手に、恋をしてしまっているのだから。

「だから今は……俺の気持ちとイコールでなくてもいい。だが、この先は覚悟しておけ。俺は……半端な気持ちはお前に求めない。必ず、俺みたいに……溺れさせてやる」

慧は不敵に笑うと、小さく笑った胡桃の頬を愛おしげに撫で、唇を重ねた。

(ああ、敵わないや)

キスがもたらす至福に酔いしれ、心までもが甘く痺れていく。

慧の心があると思うと、全身の隅々にまで喜びが広がり、たまらなくなってくる。

(ああ、この気持ちが……伝わりますように)

胡桃は慧の手の上に自らの手を重ねると、静かに目を閉じ……慧からの愛を甘受した。

ランプシェードの淡い光が、慧の黒髪に艶を落としていた。

夜の静寂に漏れ響くのは、喘《あえ》ぎ声と湿った音。そして時折軋《きし》む、ベッドの音。

床には服が投げ捨てられている。

「……ふっ、ぅんっ、そこ、ばかり……やぁあ」

慧の舌でちろちろと胸の蕾《つぼみ》を揺らされ、音をたてて強く吸いつかれる。さらにうっとりとした艶めいた顔で、挑発的に胡桃の反応を窺ってくるものだから、目が合うだけでたまらず身体が蕩《とろ》け、感度があがってしまう。

「可愛いな、こんなに尖《とが》らせて。噛《か》むと……んっ、甘さが増してくる」

「んうっ、やっ、食べちゃ、駄……ぁ、んっ」

以前のような快楽ありきで始まった戯れではなく、そこに慧からの愛があると思うと、どんなささいな愛撫でも過敏に反応し、全身がびくんびくんと跳ねてしまう。

（この人は……わたしのもの。わたしの恋人……）

ぞくぞくとした興奮がとまらない。赤子みたいに胸を貪る慧が愛おしくて、胡桃は彼の頭を抱きしめた。すると慧は嬉しそうに目元を緩めて、より濃厚に蕾に舌をくねらせ吸いつきながら、反対の胸の蕾を指先で摘まみ、くりくりと捏ねる。

胡桃は嬌声《きょうせい》を響かせて背をしならせた。慧が割って入っている足の間には、甘い痺れと熱が集まり、じゅんじゅんと疼いて奥からとろりと蕩けたものが零れている。

慧の感触を知ってしまったそこは、気持ちよくなりたいと訴え、胡桃は思わず足をもじもじさせた。それに気づいた慧はふっと笑い、胸を愛撫していた手で、胡桃の太股の裏を撫で上げる。

おかしな声を上げて足を戦慄かせた瞬間、両方の膝を掴まれ、胸の辺りでゆっくりと左右に押し開かれた。

無防備に曝された花園に、熱い視線が注がれる。胡桃は恥ずかしくて足を閉じようとするが、慧が許さない。逆に彼女にも見えるようにと、さらに胡桃の腰を持ち上げるようにして、至近距離で満開に熟した花園を覗き込んでくる。

「そんなとこ……見ないで……」

今にも消え入りそうな声で懇願するが、慧は艶めかしく舌舐《な》めずりをする。

切れ長の目の奥には、熱が滾っていた。

「たまらないな。好きな女が……こんなに蜜を溢《あふ》れさせて、俺を求めているのは。こんなに興奮するものだったのか」

欲情を孕んだ声に呼応して、秘処がきゅんきゅん疼く。また熱いものがとろりと零れて、思わず声を漏らしてしまう。それを見ていた慧は、恍惚《こうこつ》とした顔を潤う花園に近づけていく。

「駄目、そんな汚いところ、駄……ひ、ぅっ！」

胡桃の制止をものともせず、刺激を待ち焦がれていた花園に、熱い唇が押し当てられた。そしてじゅるじゅると蜜を吸い立てられる。

「はぁ、んぅ！」

目も眩む快感だった。胡桃の肌は一気に粟立《あわだ》ち、太股が戦慄《わなな》いた。

嬌声を迸《ほとばし》らせて乱れる胡桃に、喜悦を滲ませた慧の声が届く。

「お前は……すべてが甘いな。ああ、また溢れているじゃないか……。もったいない。すべて俺に寄越せ。俺が……んんっ、舐め取って、やる」

慧は緩やかに頭を振って、口淫に耽った。蜜を根こそぎ掻き出すように忙しく舌を動かし、音をたてて嚥下《えんげ》してみせる。その仕草は、極上の甘露でも口にしているかのようだ。

その一心不乱な奉仕姿と、そんなことをさせている背徳感と興奮が入り交じり、胡桃は悶えた。

甘い刺激の波が、次から次へと押し寄せ、大きな波となる。勢いを増すその波に、否応なく浚《さら》われてしまいそうで、胡桃はすすり啼《な》きながら、はくはくと引き攣《つ》った息をした。

「……気持ち、よさそうだな」

優しく細められた眼差しの奥には、ぎらついた……捕食者の欲と熱が見える。

こんなはしたない姿を見せている自分に、彼も欲情してくれているのが嬉しい。

「もっと……。社……慧さん、もっと……欲しい……」

これ以上の快感は怖いのに、胡桃の下腹部の深層が求めている。

もっともっと距離をゼロにしたい。足りない部分をみちみちと埋めてほしいと。

「慧さ、ん。もっと……」

　ごくんと生唾を飲んだ慧は、一瞬苦しげに顔を歪めさせて、目の奥に見える激情の炎を大きく揺らしたが、その目を瞑《つぶ》った。そしてかすかに震える声で言う。

「腕輪が外れたら……な」

「今……」

「駄目だ。だから腕輪を早く外そうな。別れるためではなく、繋げるために。俺も……お前が欲しくて狂いそうだが、我慢している。だから今は……これで納得してくれ」

　蜜を溢れさせている入り口から、慧の中指がぬぷりと音をたてて差し込まれた。

　胡桃は浅い呼吸を繰り返す。

「痛くはないか？」

「痛……くは、ない、けど……っ」

「けど？」

　慧の声はどこまでも甘く艶に満ちている。まるで彼自身が愛撫されているかのように。その声に煽《あお》られ、胡桃の息も悩ましい喘ぎ声になると、ゆっくりと指が抜き差しを繰り返す。

「慧さん、だと思うと……ぞくぞくして気持ちよくて。もっと……触ってほしい」

「……っ」

「ああ、セックスって……痛くはない、んですね。あぁ……ん、気持ち、いい……。指で、こんなにいいなら、慧さんと繋がったら……ひゃ、あぁっ」

胡桃が悲鳴を上げたのは、慧の指の動きが荒々しくなったからだ。

「……お前は、俺をどうしたいんだ。こんなにきゅうきゅうと俺の指を咥え込んで……あぁ、そんなに悦ぶな。腕輪が外れたら、腹いっぱいにもっと俺をやるから。奥まで俺をやる。指以上の快楽を……やるから」

想像するだけで思考までもが蕩けそうだ。

いつの間にか指は二本、三本と増え、体内の慧の占拠率は高まっていく。

抽送の水音に負けじと、胡桃は嬌声を迸らせて、身体をしならせる。

慧は突き出た胡桃の胸に貪りつきながら、手首を回してずんずんと力強く擦り上げる。

「ぁあっ、駄目、気持ちよすぎて、駄目ぇっ」

身体をぶるりと震わせて、何度も快楽の終焉《しゅうえん》に行き着いても、慧の攻めは止まらない。

すると薄れたはずの快楽の渦がまた大きくうねり、胡桃を飲み込もうとする。

「また、また……、んふうううっ」

強張った身体がびくんびくんと痙攣《けいれん》して弾け飛び、やがて弛緩《しかん》する。

「あぁ、たまらないな。お前の中……熱くてとろとろして……指だけでも、こんなに気持ちがいいんだ。俺のを……奥深くまで挿れて擦り合ったら、どれだけ……。ああ、想像するだけで……やばい。決めたこととはいえ、はちきれそうだ。く……」

慧の熱っぽい声が途切れた後、苦しげな吐息がひとつ聞こえた。

苦痛に歪むその顔ですら、慧は色気に溢れ、胡桃の欲情を煽り立てる。

胡桃が喘ぎながらもじっと見ていることに気づくと、慧は苦笑し、とろりとした眼差しを甘く細めた。

「理性をフル回転だ。つくづく……感情を押し殺す生き方をしてきて、よかった」

「……っ」

「そんなに見るなって。お前に見られていると、ずぶりと……根元までいきたくなる」

そして慧は再び胡桃の秘処に顔を埋めると、指の抽送はそのままにしながら、蜜口の前にある秘粒を舌で探り出し、舌先でちろちろと粒を揺らした。

途端に鋭い刺激が身体を襲い、胡桃は悲鳴みたいな嬌声をあげる。

「駄目、それ、駄目なの！」

拒みながらも胡桃の片手は慧の頭を抱えて、さらなる刺激をせがんでいるようだ。

慧は口元に笑みを零しながら、ちゅっちゅっと音をたてて粒を啄《ついば》んだり甘噛《あまが》みしたりして、可愛がりながら、蜜壺《みつつぼ》に抜き差しする指の動きを激しくした。

「やぁんん、はぁっ、ああっ。また……わたしまた……っ」

腰から迫《せ》り上がってくる大きな波。それに囚われた瞬間、胡桃は高みに押し上げられ、一気に弾けた。そのすべてを熱を帯びた切れ長の目が見つめている。

「……ああ、無性に愛おしい……」

慧は切なげにそう言うと、息を整えている胡桃の体勢を変えた。そして胡桃の隣に横臥《おうが》の姿勢になると、胡桃の片足を持ち上げて硬く猛る己自身を胡桃の秘処に押しつける。

「すごい……。今日が一番……熱くて……大きい」

胡桃の声に一段と甘さが混ざり、弾んでいる。その声ごと唇を奪った慧は、ゆっくりと腰を動かしながら、胡桃と舌を絡め合う。キスの合間に漏れ出るのは、ふたりのうっとりとした吐息だ。

唇が離れても視線は絡み合い、また唇が吸い寄せられる。

くちゃりくちゃりと音が激しくなっているのは、どこの粘膜が擦れ合う音なのか。

「慧さんが……んん、びくびくしてる」

「あぁ。お前が欲しいって言っているんだ。お前のことが好きでたまらないって、わかるだろう？」

熱く質量あるものに擦られるだけで、肌が粟立つ。それが剝き出しの慧だと思えば余計に。

「……手で、触ってもいい？」

慧の瞳の奥にある炎が大きく揺らぐ。

「わたしも触れたいの。挨拶したい……。腕輪が外れた時、もっと奥まで愛してねって」

「……馬鹿」

慧はわずかに照れたようにそう言うと、胡桃の耳に囁く。

「いやじゃないのなら……お前に触ってほしい」

弱々しくも聞こえる懇願に、胡桃は微笑むと……猛々しくそり返るものを摑んだ。

するとそれだけで、慧がびくりと身体を震わせて、息が乱れた。

摑み方が悪かったのかと思ったが、そうではなかったらしい。

胡桃を見つめるその顔は蕩けており、薄く開いた唇から吐息が漏れている。

「お前に触られているだけで、気持ちいい……」

……色気たっぷりに微笑まれると、そのまま昇天しそうになる。

改めて手で感じる慧のものはごつくて、かなり熱かった。氷の彫刻の如き覇王の一部とは考え難かったが、少し軸を擦り上げるだけで慧の色気が強まり、きちんと連動していることを知る。

強く扱くと悩ましげな吐息をこぼす慧が、片腕で胡桃の頭を抱え込みながら、濃厚なキスをしてきた。濡れている先端の周囲を扱くと、キスの合間に漏れる彼の喘ぎ声が強まり、根元まで搦《から》め合っている舌の動きが激しくなる。

(気持ちいいんだ……)

それを見ていると、胡桃は自分が愛撫を受けている気分になり、身体が熱く蕩ける。

「……胡桃、ああ……俺、やばい……」

切羽詰まった声音を響かせ、胡桃の手の中で、慧は突くような動きをしていた。

紅潮した顔を悩ましげに歪めさせている慧は、ぞくりとするほど男の艶に満ち、胡桃の官能をざわつかせる。乱れた息遣いが愛おしくてたまらない。

「慧さん……すごくえっちな顔をしてる」

「惚れた女に触られていて、その気にならない男がいるか」

甘い吐息を漏らしながら、腕輪に繋がった手は胡桃の秘処に滑り落ちた。

「……いやらしいのは、お互いさまだろう？　なんだ、このとろとろは。俺のを触って、こんなになったのか？」

耳の穴に舌が差し込まれ、胡桃が身を竦《すく》ませると、濡れそぼった花園の表面を掻き回される。自分の手も動いているため、自慰をしているような気分にもなってくる。

「や、あんっ、駄目……っ」

くちゅくちゅとした湿った音が、いつにも増して大きく響いている。

「胡桃、手を動かして。もっと強く……」

快楽を感じているのは、自分のどこの部分なのだろうか。

蜜口から、また指が忍び込まれ、胡桃は短い声をあげる。

「目を閉じろ。お前の手にあるこれで、この中を突いていることを想像して」

誘われるように胡桃は目を閉じ、雄々しく猛る慧を扱き続けた。

びくびくとして悦ぶ手の中のものが、蜜壺の内側を獰猛《どうもう》に擦り上げている――想像した途端、胡桃から漏れ出る喘ぎに、艶めいたものが色濃く混ざった。

「……早く、腕輪を外そうな。外して、ひとつになって溶けあって……俺に縛られろ」

「ん、んんっ」

「胡桃、好きだ。好きで……身体が焼き尽くされそうだ。胡桃、胡桃……」

切なげに愛を訴えられ、胡桃の心は歓喜に痺れた。

慧の愛があると思うだけで、溢れ出る感動に泣きたくなってくる。それと同時に込み上げるこの衝動を伝えたかった。

「わたしも……好き。慧さん……好き！」

かつてこれほど、誰かに向けた能動的な想いを抱いたことがあっただろうか。

込み上げる愛に膨れあがる胸の内は、果てに向かう身体の切迫感にもよく似て、怒濤《どとう》の如く胡桃を翻弄する。

どうしていいかわからない。わけがわからない。

理屈抜きのこの感情を愛と呼ぶのなら、今の自分は愛に狂わせられた、ただの女だ。

穏やかな愛などいらない。欲しいのは、この気持ちに等しい、慧からの激情。プラスもマイナスもない、どこまでもゼロの距離で、ひとつに溶け合いたい――。

きゅうきゅうと疼いてせがむ胡桃の深層。それがわかったのか、慧の愛撫も激しくなる。

「ああ、胡桃。俺のもの……だ。ずっとずっと、お前は俺の……」

淫らな水音と喘ぎ声が重なっていく。

薄く目を開けると、甘い呼吸を繰り返し、切羽詰まった面持ちをしている慧が見えた。

ぞくぞくと身体を震わせた胡桃の中で、乱れる慧への愛おしさが膨れあがる。

（わたしのもの。彼を……誰にも渡したくない）

今だけは忘れていたい。彼が……自分とは違う世界に生きている覇王だということは。いずれ彼は、玖珂グループの跡取りとして、相応しい女を迎えるだろう。それが世の常でも、今だけは……同じ地平にいる男として身も心も愛し合いたい。

「早く腕輪を……外そうな。外して……ひとつになろうな」

腕輪が外れれば、別れへのカウントダウンが始まるだろう。

それでもいい。心も繋がった証を、身体に植えつけてほしいから――。

「ああ、お前の中に挿りたい……」

「わたしも……慧さんが……欲しい……」

繋がれたままでも、もっと繋がりたいとふたりは叫んで、手淫を激しくさせた。

そして――互いの手で限界まで張り詰めた快感は、一気に弾け飛ぶ。

「あああああ……」

「……ぐっ」

慧の呻き声と熱い飛沫《しぶき》を感じながら、息を整え胡桃は微笑んだ。

「……慧さんとまた一緒にイケたの……嬉しい。慧さんは……本当に色っぽく感じますね」

「そういうこと……言うな！」

わずかに照れてむくれた慧が可愛くて、胡桃が声をたてて笑う。

そして白濁に濡れた手のひらをじっと見つめた。

「これが慧さんの……」

「じっくり見るなよ。恥ずかしいから、すぐ拭……」

「恥ずかしい？　どうして？」

慧はなにか言おうとしたが諦め、代わりにティッシュで胡桃の手を拭いた。

そして――。

「……お前は、ありのままの俺を受け入れてくれるんだな」

「え？　どれも慧さんには違わないでしょう？」

慧は苦笑した。そしてすぐにその目を愛おしげに和らげると、返答を待っていた胡桃の唇を貪るのだった。

第四章　愛枷は途切れぬ恋を結ばせる

慧と胡桃が心を通わせてから数日。

鈍色の空の下、都内の渋滞を避け、理央が運転する車が裏道を快走していた。

後部座席では熟睡モードに入った胡桃に、慧が上着をかけている。

胡桃が慧の胸に顔を埋めてくるため、慧は微笑みながら、片手で彼女を抱きしめた。

その様子をミラーで見ていた理央の顔も、わずかに綻ぶ。

「寝室から覇王ダニが消え、一気に恋人へと大躍進した慧様と一緒に、リスさんも安眠できるかと思いきや……毎日、こうして車内でリスさんの熟睡を見ていると、早く欲求不満を解消しろよ、なにおかしな我慢しているんだよ、と言いたくもなりますが。まあ……慧様の貴重なデレ顔を見ていると、なにも言えませんね」

「だったら、なにも言うな」

胡桃に向ける情愛に満ちた表情とは裏腹に、理央への口調は冷たい。

「リスさんに接している慧様を見ていると、猿が進化して人間になる過程を見守ってきたようで、感慨深いものがありますわ」

今日も理央の言葉は辛辣だが、彼女なりの情が滲《にじ》んでいるのを慧も知っている。

「しかし……先程の戦闘において、リスさんの護衛ぶりを初めて拝見しましたが、あの運動神経はすごいですね。どうして腕輪で拘束されているのに、あんなアクロバティックな攻撃をすることができるのか。それについていける慧様も見事ですが、間近で見たリスさんは、護衛というより、野生リスの狂戦士《バーサーカー》のよう。とんでもない大技を繰り出して、『自分の男《オス》に触る奴は殺す』くらいの獰猛《どうもう》さ。あれだけの愛で守られると、慧様もさぞかし……」

「俺もそれくらいの気概で、戦っていたのだが」

「はい？」

「守られていたつもりはない。俺が胡桃を守っていたんだ！」

少々ムキになって慧が文句を言う。しかし理央は、それを笑顔でスルーした。

「やはり今どきのヒーローは、無敵なヒロインを後ろで支えてこそですね。ナイスアシストでしたわ、慧様。おふたりの息が合わなければ、腕輪が祟《たた》って共倒れ。最初はご苦労したとお聞きしましたけれど、今はどう見ても相思相愛です。おめでとうございます、慧様」

慧はなにか言い返そうとしたが、胡桃が身じろぎをしたため、その頭を優しく撫《な》でて、理央への反論をやめた。

「しかし慧様。前回のSPといい今回の偽警官といい、最近はコスプレまでして待ち構える手の込みよう。特にSPにおいては会社の地下に待機して誘導していますから、慧様のスケジュール……情報は漏洩《ろうえい》しているのは間違いありません。外部からのハッキング形跡はありませんので、データ管理している秘書課や、大本の総務部が怪しい。スパイは依然、社内に忍んでいるかと」

「直接データ参照しているだけではなく、社員を使って聞き出している可能性もある。そう考えれば、全社員を疑うことになるな」

「はい。今ひとつひとつ可能性を潰しているところです。ちなみに前回の実行犯の素性ですが、裏世界《アングラ》ではそこそこ名が通った者のようですが、彼らに指示がいくまで幾多の人間を介しているので、依頼主に辿《たど》り着くのはかなり困難な状況です。情報漏洩を防ぐために部下を厳選すると、さらに時間がかかるかと」

「……今後の玖珂のためにも、本格的な情報収集機関を作った方がいいのかもしれん」

「ええ。セキュリティという防戦だけではなく敵への反撃に転じるために、それなりの規模のものはあった方がよいかと。それでなくても玖珂は敵が多いですから」

頷《うなず》いた慧は少し考え込むと、低い声で言った。

「玖珂……か。考えてみれば、前回も今回も玖珂本社に向かう途中に襲われているな」

玖珂本社——玖珂総合商社は、歴代の玖珂当主が本社の社長に就くことになっており、重役は血縁者で占められていた。そのため、玖珂一族の独裁となっていることが、業務に悪い影響を与えていると考え、慧が将来社長になった際には、優先してメスを入れたい場所でもある。

慧は本社で取締役の肩書きはあるが、あくまで形だけ。本社で一番の力を持つのは、社長ではなく、副社長である慧の義母、美紀子だった。

「そうですわね。どんな理由にしても、玖珂の次期当主を呼びつけようとするのは、ご当主か美紀子様くらい。しかし気弱なご当主が、息子を拉致するとは考えにくい。それならば……美紀子様が一連の黒幕なのでしょうか」

後妻の美紀子は、節操なしの強欲女である。夫に見向きもされないからと、義理の息子である慧にも色仕掛けで迫ったことがある。次期当主を懐柔すれば、玖珂の力も未来も手中にできると考えたらしい。むろん、それを見抜けぬ慧ではなかったし、歯牙にもかけず唾棄してきた。

確かに慧を手懐けるために、拉致して脅そうとしていてもおかしくはない。もう、暴力に頼るしか方法はないだろう。しかし――。

「美紀子だったのなら、本社に向かう途中で二度も襲わせたのは考えが浅すぎる。まるで自分が関与していることを仄《ほの》めかしているかのようだ。これだったら、不特定多数の場で巧妙に刺客を送ってきた方が、よほど黒幕を絞りにくい」

慧は窓から、暗雲が立ちこめる濃灰色の空を眺めた。

「だが、美紀子が無関係だとも言い切れん。本社からの呼び出しが偶然ではないのなら」

どこかで雷鳴が聞こえてくる。熟睡中の胡桃が眉を顰めた。

「それと、退職した小早川ですが、日光保安に転職しています」

「日光保安……うちの新商品とまったく同じものを、先に大々的に売り出し、うちが引かざるをえなかったところか。今回もコンペに参加している」

「ええ、その日光保安です。情報では、日光保安の専務と十菱の社長秘書、藤沢が頻繁に会っている模様。そしてどうも小早川がチームリーダーになった頃から、小早川もまた、藤沢と何度か会食している形跡があります。さらに小早川は近頃、我が社のチームメンバーに、日光保安に来ないかと声をかけているようです」

慧は訝《いぶか》しげに目を眇《すが》める。

「十菱はうちを潰そうとしているのか、逆に自作自演で恩を売る気なのか。このタイミングで娘を押しつけてくるのも、魂胆があるのかもしれないな」

「はい。先日の会食以降、あのご令嬢……もとい秘書の藤沢は、毎日のようにアポをとりに会社に電話をかけてきています。今なら八ヶ月待ちだと返答しているのですが」

「カタギリの予約より大変だな。本来藤沢は社長の秘書だろう？　娘のお守り専属ではないはずだ。娘は十菱で重役かなにか、肩書きがあるのか？」

「ご令嬢は働かれてはいませんので、肩書きはないはずです。ただ藤沢はご令嬢の幼馴《おさな》染《じみ》。それゆえ、職務を超えた私情があるのかもしれません」

「なるほど。コンペのこともあるし、あらゆる事態を考え、保険をかけておくか」

「ええ、その方がよろしいかと。……この先、リスさんが心配です。玖珂であれ十菱であれ、慧様の特別な女性として、よからぬ陰謀に巻き込まれなければいいですが……」

「守るよ、俺が。玖珂の力だろうと使えるものをすべて使って、胡桃を守る」

　慧は強い眼差しを、胡桃に向けた。

「ご当主のように、女のために玖珂を捨てると、駄々は捏《こ》ねられないのですね」

　理央は愉快そうに言った。

「……今の俺は、愛を重んじた父の気持ちを少しは理解できる。だが俺は、玖珂の直系としての責務を軽んじた父とは違う。美紀子とは昔から冷え切っているのに離婚もせず、かといって他の誰かを一途に愛しているわけでもない。愛を言い訳に、責務から逃げようとするから、当主としても男としても中途半端なんだ」

「ずいぶんと辛辣ですこと」

「当然だろう。俺はやると決めたことは必ず実行する。それに胡桃は、玖珂にはない大切な〝なにか〟を知っている。きっとそれは、欲に腐敗しつつある玖珂を大きく変えていけるだろう。俺は、胡桃も玖珂も……どちらも手放す気はない」

　慧は不敵に笑う。

「つまり、既に覚悟は決められていると？」

「もちろん。俺がひとときの情に流される男だと思っているのか」

　含みある会話の末に、理央が笑った。その笑いの声音は低く、豪快だった。

「本当に貪欲だよな、俺が仕える覇王は。ま、そこがいいんだが」

「……理央、男に戻っているぞ」

「あ〜ら、ごめんあそばせ、つい素が」

ころころと笑って、理央は続ける。

「八百万の神に仕えた玖珂が、時代の変革期に生き残りをかけて神職を捨てて財を築いた。それを拡大させ巨大グループにしたのが玖珂会長。その代償なのか、玖珂一族の情は冷え切った。成長しすぎた玖珂を継げる者は、慧様のみ。感情を知り、無敵になられた慧様が作られる玖珂の未来はどうなるのでしょうか。ふふ、リスさん……グッジョブです」

理央は、どこまでも楽しそうに笑った。


後埜総帥の紹介で、慧の師匠たる桜庭恭子と、慧と同い年で主任だという黒宮が慧の元に訪れたのは、それから数時間後だった。

眼鏡をかけた黒宮は、慧以上に無表情な美形だった。玖珂グループの大きさを知りながら、それに怖じけづくでもなく、媚《こ》びるわけでもない。恭子のお気に入りのようだが、玩具の如き扱いを受けても顔色ひとつ変えなかった。見上げた忠誠心である。

前職が公安ということを訊《き》いて、胡桃は納得したものだ。きっとＳＳＩという職場には、へらへらと笑うようなチャラい男はいないだろう。胡桃が称賛すると、黒宮は微妙な顔をした。どうやら、そういうタイプの社員もいるらしい。

黒宮は寡黙だが、前職ゆえか観察力や洞察力に優れていた。あの後埜総師が推すだけあり、慧の威圧的な空気に萎縮することなく、対等にビジネスの話をする。そんな黒宮が唯一動じたのは、胡桃の言葉だった。

――総師のお孫さんと、いつご結婚なされるんですか？

その瞬間、思いきり相好を崩し、照れたのだ。しかし恭子が揶揄《やゆ》したために、すぐにまた無表情に戻ったが。どうやら彼は、総師の孫娘にベタ惚《ぼ》れらしい。

それを微笑ましく思う胡桃の前で、ＳＳＩのセキュリティシステムの見直しや、業務提携をしたいという意思確認をして、初回の打ち合わせは終わった。

そのあと、慧は後埜総師に電話をかけた。慧も個人的に黒宮やＳＳＩを気に入ったようで、引き合わせた総師に礼を述べている。電話を切ると、胡桃がはしゃいだ声で言った。

「黒宮さんがあんなにデレるほど愛されて、総師のお孫さんも幸せでしょうね。桜庭社長のお気に入りで元公安であるのなら、かなり腕も立つんだろうな。腕輪が外れた時、お手合わせしてもらおうかしら！」

今し方、総師に気に入ったと話していたから、黒宮の話題を無邪気に口にしたのだが、なぜか慧は妬いたらしい。

「それは……写真の意味がいまだわからない、俺へのあてつけか？　毎夜、あれだけキスやそれ以上のことをしていても、最後まで挿れないともう浮気するのか？」

「は、はい？」

慧はここ数日、覇王として一段と威厳に満ち、多量の仕事を精力的にこなしていた。

一日に数件商談を勝ち取ったり、大手と提携を結んできたり、研究所でも画期的な研究の指示や検証をしたり。もはや敵なしで躍進する社長の勇姿とやる気に、縮こまっていた社員たちも少しずつ感化され、より仕事に励み出したらしい。

そんな覇王の活力の源が、トイレまで一緒の専属秘書だとは誰も気づいていない。そして活力補給に、社長室でふたりきりになった途端、淫らなことをしていることも。

——俺をケダモノのように発情させる、可愛いお前が悪い。

最近はそんな理不尽な言い分にも、胡桃の胸はときめくが、バカップルの自覚はない。

「この薄情な脳筋リスには仕置きが必要だ。快楽を覚えると、すぐ他の男にも尻尾を振る」

「違います！　誤解ですって！　わたしは慧さんが好きで……」

「言葉ではなんとでも言える」

「そんな……」

慧はデスクに向かうと、椅子に座った。そして胡桃をいつものように、彼の膝に跨《また》がって座らせる。胡桃の顔には、困惑と期待の色が浮かんでいた。いつもそこから、淫らなことが始まるからである。

慧が胡桃のスカートを捲《めく》り上げると、魅惑的なレースがついたガーターベルトが覗《のぞ》く。

「……けしからんな、こんなものを穿いて。誰を誘惑するつもりだったんだ」

「これは……泰川さんに、慧さんが喜ぶはずだからと。……駄目？」

「今度はおねだりか？　本当にいやらしいリスだ。俺をそこまで骨抜きにしたいのか」

慧が机からあるものを取り出した。それはピンク色をした十五センチほどの、シリコン製のもの。その輪郭は——尾がついたリスである。

「リスの人形？」

胡桃が触ろうとしたら取り上げられ、それはショーツのクロッチのすき間から秘処に押し当てられた。

「な⁉　ちょ、なに……」

「欲求不満な俺への、理央からの贈り物だ。会社で使うのもどうかと思っていたが、気が変わった」

慧はポケットからスマホを取りだし、軽やかに画面をタップした。すると、ショーツの中にもぐりこんだリスが、ブブブと小さな振動音をたてて震え始める。

「ひゃぁあっ！」

突然、秘処へ刺激が加えられ、胡桃は背を反らして声を上げた。慌てて引っこ抜こうとするが、慧はその手を摑《つか》んで指を絡めて握ると、意地悪い笑みを浮かべる。

「なにこれ、取って！　こんなところで……誰かに見られたら！」

「見られなかったらいいわけか？　いやらしい女だな」

「やっ、ん、ぅんんんっ」

耳元で囁《ささや》かれる言葉に、身体がびくびくと反応してしまう。

そんな時、慧のスマホが着信を告げた。電話応答のために、この淫らな機械を止めてくれると思ったが、彼はそのまま腕輪の繋《つな》がった手で電話に出てしまう。

機械を停止できるのはスマホのみ。彼の仕事の邪魔をするわけにもいかず、我慢していればいずれ電話は終わると耐え、声を漏らすまいと慧の首に口を押し当ててはいるが、身体は否応なく追い詰められていく。

（気持ちいい……あ、駄目……声を出しちゃ……）

秘処からぞくぞくとする快感が広がり、腰が淫らに動いてしまう。

「あ……いい……っ」

たまらず出してしまった声。青ざめて慌てて口を噤《つぐ》んだ胡桃に、慧はふっと笑って言う。

「……猫が啼《な》いているんです。ええ、リスみたいな可愛い猫です」

慧は握ったままの手の中指を、胡桃の口の中に差し込み、彼女の舌と戯れた。その指の動きは濃厚なキスを思わせる淫猥《いんわい》なもので、胡桃はかすかに甘い声を漏らす。

（……いつも気持ちいいことされているから、身体が言うことをきかない……）

動けば機械がずれてくれるだろうか。果ての近さを告げるぞくぞく感に、切羽詰まった心地になりながら、慧の胸に顔を押し付け、浮かせた尻を振ってみる。

（や、逆だ。あ……駄目、そこは来ちゃ駄目、そこは駄目……、戻って戻って！）

リスの尻尾の部分が敏感な粒を刺激してしまったため、胡桃は悩ましげに大きく尻を揺らし、はぁはぁと喘《あえ》ぎ続ける。

（イキそう……でも、イッたら、声出ちゃう。どうしよう、あぁ、イキたい……っ、ん……あぁ、イカせてほしい……）

胡桃の懇願の眼差しを受けた慧は、ごくりと生唾を飲んだ。そして電話を強制終了させると、ぎらりと欲を滾《たぎ》らせた眼差しを胡桃に向けた。

「仕置きなのに、そんなに潤んだ目で尻尾を揺らして……なぜそうやって俺を追い詰めてくる！」

口から引き抜かれた指は、胡桃の唾液で濡《ぬ》れて淫靡《いんび》に光っている。

「わたし、尻尾なんか……」

慧は背後からショーツの中に手を忍ばせる。尻の合間に沿って指先を滑らせ、ぶるぶると震え続けるリスを摑むと、花園に強く擦りつけるようにして往復させる。

「ひゃあああっ」

「こんな機械でとろとろにさせて……どこまで俺を妬かせるんだよ」

「ん、ああっ、こんなところで……やぁっ」

「もう他の男に浮気しないか？」

「しな、しない！　というか、してな……っ」

「手合わせと言いながら、他の男に寝技をかけて絡み合わないか？」

「しな……あぁっ、そんなこと、するわけが……」

「どうだか。お前の寝技はたちが悪すぎる。どれだけ俺が大変だったと思っている」

ぶつぶつと独りごちながら、慧はリスを蜜口から差し込んだ。尻尾の部分が粒を刺激するため、ダブルで刺激が襲ってくる。

「やああ、駄目、中も、外も……駄目ぇぇぇ！」

「ああ……中に自由に入れるこのリスが羨ましいよ、まったく」

止めどなく蜜が零れる蜜壺《みつつぼ》に、ぶるぶると震える異物が抜き差しされる。胡桃の目の前にチカチカとした光が飛び、急いた呼吸が止まらない。

迫り上がってくるものが荒波となり、胡桃を湲《さら》おうとしていた。

（あぁ……イク……っ）

胡桃は慧の首に口を押し当てて声を殺すと、大きく尻を持ち上げて仰け反り、やがてびくびくと下半身を痙攣《けいれん》させた。

「仕置きなのに、喜びすぎだ。……馬鹿」

慧はスマホで機械を止めると、くったりとした胡桃の頬に唇を押し当てる。愛おしさを隠そうともせず、甘く優しい笑みを浮かべた。

「……本気でじいさんの写真をなんとかしないと、俺が辛すぎるな。俺の女は、ひとり遊びすらエロすぎで、全力で俺を悩殺してくるから」

胡桃は反論する元気もない。ぜぇぜぇと肩で息を繰り返した。

慧は背広のポケットの中から写真を取り出す。

「そういえば恭子さんも、この女性を見たことがあると言っていた。それと黒宮は……」

胡桃は、写真にある劇場を注視していた黒宮を思い出す。黒宮はこう言った。

――帝都劇場……確か第二次世界大戦で焼けた後の新宿に建て直し、今は帝都シネマフロンティアと名を変えているはず。ここに看板が見えますね。『キネマの日輪草』……その上映期を辿れば、この女性の今の年齢が推定できる。出演者か同時期に活躍していた女優かどうかもわかるでしょう。

黒宮の鋭い指摘を受けて、恭子がスマホでどこかに電話をした。

――碧人《あおと》～、ちょっと調べて、連絡くれる？　今画像送るから。

白黒写真を撮影してどこかに送った十分後、恭子のスマホに電話がかかってくる。それに応答した恭子は、電話を切って胡桃と慧に説明する。

――我が優秀な調査員によると、『キネマの日輪草』の上映期は一九三五年。つまり今から八十年以上前。この女性が当時二十代だとすると、少なくとも今は、百歳を超えているはず。大衆娯楽の画像を保存している独自芸能データベースで、この写真の骨格に一致する同年代の女性がいるか画像照合をかけたところ、該当者なしとのこと。

――それならなおさらおかしいわね。一般人であるのなら、私、誰と似ていると思ったのかしら。どこかで直接会ったとしか思えないのだけれど。今じゃなくて、大分昔に。

そんなやりとりを思い出した胡桃は、大きく深呼吸をして身じろぎをした。

「慧さん、その写真を見て楽しそうですが……なにか解決の糸口でも？」

「いや、なに……恭子さんと黒宮たちにかかれば、十分もせずに対象が絞られた。恭子さんの会社でなければ、提携ではなく吸収し、理央の情報機関にできたのに、とな」

胡桃は笑った。

「引っかかるのは、俺と胡桃と恭子さんの既視感だ。さらにじいさんが加われば、四人が共通で知る……現百歳過ぎの老女などそうそういない。恭子さんが昔に見たというのなら、もしかして俺たちが見ていたのも、今ではなく昔なのかもしれない。だから記憶がおぼろげなのかもな」

「昔……。でもわたし、学生時代は武道一筋でしたが。この写真の女性が著名人だとして、桜庭社長と慧さんなら関わり合う可能性が高くても、わたしの場合、武道関係でなければ関わらないし。もし介護士になりたての頃の記憶だったとしても、七年前だとしたら、当時九十すぎのおばあちゃんということですよね。老女の顔を見て、この写真と同一人物だと思えるものかしら。昔の写真を見せられた記憶もないしなぁ」

だとすれば、稽古に明け暮れていたあの日々の中で、この女性と会ったのだろうかと、考えてみるが、答えは出てこない。

「そもそもこの写真の女性は、おじいちゃんとどんな関係があるんでしょう。おじいちゃんと同じ世代ならまだしも。ずいぶん年上になりますよね」

「ああ。年齢的には、じいさんの親の世代だよな」

「ということは、ここにいるチビちゃんが、おじいちゃんの世代ですか。この女性が慧さんのひぃおばあちゃんだとしたら、この子はおじいちゃんの姉妹の可能性が高いとか……」

「じいさんに姉妹はいない。この女性の実子ではなく、親戚や知人の娘だったというオチも考えられるが。じいさんはなぜこの写真を出してきて、何を求めているのか……」

慧が訝しげに首を捻る。

「仮にこの写真の右側をこの女性が持っていて、回収してこいというのなら、おじいちゃんならそう言いそうですし。そもそもこんな古い白黒写真を保存している、現百歳過ぎのおばあちゃんが存命かどうかも怪しいですが」

そして胡桃はふと思い出す。

「あ、わたしのおばあちゃんも写真残していたっけ。亡くなった時、どうしても思い出を捨てきれずに、かといって瑞翔閣のわたしの部屋は狭すぎて、今はレンタル倉庫に預けていますけれど。お母さんやわたしの写真も混ぜたら、段ボール箱が三つぐらいあって」

途端、胡桃の頭の中で、恭子の声が再生された。

――その珍しい名字、あなた……入居梢っていう家族はいる⁉　もうだいぶ昔に、事故で亡くなったけれど。

――私、誰と似ていると思ったのかしら。どこかで直接会ったとしか思えないのだけれど。今じゃなくて、だいぶ昔に。

「どうした、慧さん、難しい顔をして」

「いいえ、慧さん、道場破りをした時、わたしの母に会っていますよね。顔、覚えてます？」

「覚えているとは言い切れないな。ぼんやりとくらいだ」

「だったら、わたしのおばあちゃんは？　割烹着《かっぽうぎ》を着てよく道場に顔を出していたんですが、どこかで会いませんでした？」

　慧は眉間に皺《しわ》を寄せて考え込み、そして言った。

「割烹着……ああ、お前に負けた後、道場の裏にいたら、割烹着姿の女性がやってきたな。作りたての芋けんぴをくれた記憶が……。顔ははっきりとは覚えていないが」

「それ、おばあちゃんです。昔は割烹着を着て、稽古があると道場仲間に作りたての芋けんぴを差し入れしてくれて。お腹が空いたでしょう、これを食べて稽古に励んでねって」

　だとすれば――。

「……待て、この女性がお前のばあさんなら、年齢が合わないぞ」

「生きていれば八十過ぎ。この小さな子の年代になります。この女性は、おばあちゃんの母……ひぃおばあちゃんかもしれません。桜庭社長の記憶にひっかかったのも、彼女が母の友達なら、どこかでおばあちゃんに会っていたからかも。あるいはお母さんに、どこかおばあちゃんに似ていたところがあったのかもしれませんし」

「しかし……この写真とお前は似ていないぞ？」

「わたしはお父さんにそっくりなんです。お母さんもどちらかといえばおじいちゃん似だったみたいですが、おばあちゃんはひぃおばあちゃん似だと聞いたことがあります。わたしにとっておばあちゃんは、晩年の皺深い老女のイメージが強くて、お母さんに限っては中学の記憶だからそこまで鮮明ではなくて。レンタル倉庫から写真を引き取って確かめていいですか。おばあちゃんの写真に、ひぃおばあちゃんが写っているかもしれません」

社長室に、貸倉庫から引き取った段ボールが三箱持ち込まれた。

理央を含めた三人は応接ソファに座り、胡桃の祖母が残した古いアルバムを探している。

「世代別にわけて段ボールに詰めればよかったものの、無造作に詰めてしまってすみません。この中に一冊だけ、おばあちゃんの小さい頃の白黒写真を収めたアルバムがあったはずなので、それを探し……って、慧さん、なにを見ているんですか！」

慧は、全裸で笑う二、三歳の胡桃の写真を見て微笑んでいた。おむつを替えるところだったようで、いろいろと丸出しだ。胡桃は真っ赤になって慧から写真を取り上げる。

「写真を見ていると、いかにお前が両親から愛されていたのかわかるな」

わずかに羨望の表情を浮かべて、慧がそう言った。

「……今度、慧さんのも見せてくださいね」

「俺のものはない。こうしたプライベートのものは」

「え？」

「俺を生んだ母親は早くに死に、政略結婚した後妻が愛するのは玖珂の力だけ。外に女を作ってばかりの父が家にいた記憶はない。兄弟姉妹はたくさんいるようだが、どれが本物でどれが偽物かさっぱりわからん。俺のそばにいて、俺が家族だと思うのは理央だけだ。その理央にも撮られた覚えがない」

「私のせいですか！　笑いたくもないのに、なぜカメラに笑いかけないといけないんだって、拒否なさっていたじゃないですか」

「お前が、笑え笑えとうるさいからだ」

「リスさん。慧様は本当に笑わないお子様だったんですよ。笑うのは思い通りにことが運んだときの〝にたり〟くらい。笑いというか感情を出さないお子様だったので」

「そうなんですか。だったら今は、感情豊かになった方なんですね」

とりわけ今では、初対面の時より慧の表情は和らいでいるように思える。笑顔を見せることが多くなった。……とはいえ、胡桃や理央の前でだけ、だが。

「ええ、リスさん効果です。リスさんがいらっしゃらなければ、慧様はロボット人生まっしぐらだったでしょう」

「わたし、特別になにかしたわけではありませんけれど、それはよかったです。でも……おじいちゃんは、可愛がってくれなかったんですか？　おじいちゃんは感情豊かな方だと思いますが……」

するとと慧がアルバムを見ながら、ふっと笑った。

「俺の父は玖珂より女を選び、玖珂を統べる才覚がなかった。だからじいさんは腑抜《ふぬ》けの父に代わり、会長として玖珂を率いてきた。そして俺に目をつけると父の二の舞にならぬように自ら教育を施し、俺を次期当主にすると公言した。俺にとっては父よりもよっぽどじいさんの方が、玖珂の怖い当主だったよ。その結果、俺は愛などの感情の必要性を知らず、玖珂のためにすべてを注ぐ男に育った。俺がひとりで動けるようになり、じいさんに時間のゆとりができると、今度は祖父としてやたら俺を孫扱いして絡んでくる。さらに俺の力を認めたくないのか、いちゃもんもつけてくる。このむかっとするものがじいさんの愛だというのなら、確かに俺は愛されているのかもな」

慧は皮肉めいた笑みを浮かべた。

「それでも……おじいちゃんのこと、嫌いではないんでしょう?」

「好き嫌いはよくわからんが、感謝はある。玖珂のためであろうと、じいさんは俺に生きる意義を与えてくれた。それがなければ俺はなんのために生まれてきたのか、このまま生きていることに意味があるのかわからず、腐っていたと思うから」

端正な顔に濃い翳《かげ》りが落ちる。

誰もが羨み畏怖する覇王。彼を培い支え続けてきたものが、祖父に植えつけられた玖珂という彼のアイデンティティなのだろう。ずっと寄り添い続けてきた理央ですら、慧の孤独感は払拭できないのだ。

(おじいちゃんを通して慧さんを必要としてくれたのが、玖珂という集団。それは慧さんを孤独にさせたものではあるけれど、彼の生きる意味にもなった。だから慧さんは玖珂を

誇り、その社員を守ろうと奮闘し、次期当主として頑張っているのか）

古来より王は孤独なものだとは聞くけれど、こうして身近に思う者の心の闇を垣間見ると、とても悲しい。これならば貧乏でも、自由に生きられる庶民の方が恵まれているとも思えるのだ。

慧についていてあげたいと思う。彼の心が、幼い頃のようにひとりぼっちにならぬよう。

（いつまで一緒にいられるかわからないけれど、でも……守りたい。彼の心を）

そう思いながら、段ボールから新たなアルバムを取り出す。

カビ臭い紙製の台紙を開いた時だった。

「――あった！　これです、おばあちゃんの白黒写真！」

興奮に声を上擦らせた胡桃は、ページを捲った手を止め、ある写真を指さした。

幼子を抱きしめて微笑む女性――あの写真に写った女性と同じ顔をしていた。

「やっぱり！　おじいちゃんが持っていたのは、わたしのひぃおばあちゃんの写真だったんだわ。いやだわ、ひぃおばあちゃんは女優さんみたいにこんなに綺麗《きれい》なのに、どうして曾孫になるとこんな……いけない、天国のお父さんが拗《す》ねてしまう。まずは……やりましたね、これで解決です！　さあ、おじいちゃんに会いに行きましょう！」

破顔する胡桃に、慧が静かに言った。

「今は、写真の女性が誰なのかがわかっただけだ。じいさんが望んでいる……持ち運びできるものを推定しないといけない」

「そうでした……。とりあえず右半分があるか、探しましょうか」

三人はアルバムのページを捲っていく。曾祖父や祖父の姿も初めて見るため、胡桃には新鮮だった。胡桃の祖母は妹がひとりいるが、仲睦まじい姉妹ショットに微笑んでしまう。

「……ずいぶんと、アルバムから抜け落ちているのが多いな」

「わたしの扱いが乱暴で、剝がれ落ちちゃったのかも……」

「古い写真ですから、現存しているだけでもすごいと思いますよ。しかし……アルバムには、もう半分の写真はおろか、同じ時に撮影したと思われる写真はありませんね。着物の柄も一致しませんし。これだけ家族の写真ばかり残っているということは、会長の写真の右半分にはリスさんの曾祖母様のご家族……曾祖父様やお祖母様の妹さんが写っている可能性が高そうですね。もしそうだとして、その部分が邪魔だと会長が半分に破ってしまったのなら、アルバムには残っている可能性は低い。会長が右半分を、曾祖母様に返すことはないかと思いますから」

理央の呟《つぶや》きに、胡桃も頷いて意見を述べた。

「それに、仮にひぃおばあちゃんとおじいちゃんが恋仲で、互いが写っている写真を持ち合いましょうと、半分こにした……と考えるには、あまりにもおじいちゃんが小さすぎる写真ですよね。幼いおじいちゃんの写真を見て、ひぃおばあちゃんが恋を募らせていたら、それはそれでかなり問題ありですし。ということは、おじいちゃんの片想い？　だったらなにを持って来いと言っているんだろう……」

途端、慧の目がすっと細められた。

「……確かに、じいさんは胡桃のばあさんの世代だよな。……瑞翔閣でじいさんは、お前のばあさんのことを尋ねたりしなかったか？」

「尋ね……られました。いろいろとおばあちゃんのことは話しましたよ。わたしがおばあちゃんの最後を看取れなかった悔いから介護士になったと言ったら、涙目で励ましてくれて。それにほろりとして貰《もら》い泣きしていたら、『ひとりぼっちはつらいな、この爺《じい》を本当の家族だと思ってくれ』と言われて涙が止まらず……結局ふたりでおいおい泣いてしまいました。でもひぃおばあちゃんのことは聞かれた記憶はありません」

「だったらじいさんの昔話はしていなかったか？　恋の話とか」

「ん……そういえば。あれはテレビで終戦記念のドキュメンタリーを見ていた時、戦争の苦い思い出について語ってくれました。徴兵から逃れる術はあったのに、皇国のためにと戦いに出て命からがら帰還すると、誤報で戦死者扱い。さらに結婚を約束していた女性は、他の男性と結婚して子供もいたとか。その女性は幼馴染だったそうです。お母さん同士がお友達で。昔からの付き合いだったから余計ショックが大きく、その失恋の痛手を振り切るように仕事をしていたら、会社が大きくなったって……」

それを聞いた慧は、小さくため息をついてから、静かに言った。

「……恐らく、写真のメインは、胡桃のばあさんの方だ」

「え？」

「この写真の半分には、幼馴染であるじいさんの小さい頃と、その母親が写っていたのだろう。そして、このアルバムから剝がされたのは、戦死したとされたじいさんとの思い出の写真だ。胡桃のばあさんと俺のじいさんは……恋仲だったんだ」

驚く胡桃の前で、慧は怜悧《れいり》な目を細めた。

「偶然ではないな。胡桃がじいさんの担当だったのも、お前を俺の元に寄越したのも」

「え……どういう意味……」

そんな時、理央が訝しげな声を上げた。

「あら、このアルバムの裏表紙……やけに厚いわ。それにこの裏紙……色といい紙質といい、後で貼り付けられたかのような違和感が」

そして理央は、裏紙を軽く押すようにして触っていたが、首を傾げた。

「なにか……入っている気がします。リスさん、開けても？」

胡桃は頷いた。理央はジャケットの内ポケットから細身のカッターを取り出し、裏表紙を切り抜いていく。

「あの……泰川さん。なぜジャケットからカッターが出て来たのですか？」

「秘書の嗜《たしな》みですから。まぁ、護身刀みたいなものですわ」

理央は笑顔で即答したが、そんな物騒なものを嗜みとして身に着ける秘書など聞いたことがない。理央もまた、そんな危険物が必要な状況で仕事をしているのだろうか。

「……出て来ましたわ。封筒がふたつ」

黄ばんだ封筒の表面には『楠木椿様《つばきさま》』と書かれ、裏には――。

「玖珂泰三……じいさんだな」

慧は封筒から折りたたんでいた手紙を取りだした。胡桃も覗いてみたが、達筆すぎてなんと書いてあるのかわからない。慧はふたつ目の封筒にある手紙も読んだ。

「……あの、なんと？」

「最初の手紙には……じいさんの恋心が綴《つづ》られていた。旦那と子供を捨てて、自分と駆け落ちしてくれと。自分についてきてくれるのなら、烏森祭《からすもりまつり》の初日、新橋の駅に来てくれ、いつまでも待っていると」

「……二枚目の手紙は？」

目を通し終えた理央が言った。

「リスさんのお祖母様は現れず、代わりに人を使って、会長に三つのものを渡したそうです。ひとつは戦前に会長が、結婚の約束の意味でお祖母様に贈られた……椿の柄がついた柘植《つげ》の櫛《くし》」

「柘植の櫛……」

まさしくそれは、後埜総師から貰ってきたものだ。

「ふたつ目は、お祖母様からの和歌です。会長への愛は、出会った頃の子供の如く純粋無垢《じゅんすいむく》なまま胸に秘めて生きると。今世では生きる道が分かれてしまったけれど、もし叶《かな》うのなら、来世では夫婦になりたいと……そういう意味だと思います」

（おばあちゃんは……玖珂のおじいちゃんが好きだったんだ……）

「そして最後は写真。和歌にちなみ、おふたりが初めて会って写真を撮った……子供の頃のもの」

胡桃は半分だけの写真を見た。

（だったらもう半分には……）

「会長は、その三つの品物を受け取り、お祖母様の気持ちを理解したこと。もう二度とお祖母様の前に現れず、幸せの邪魔はしないこと。恋の縁が切れた証に、もらった写真の半分を同封する。迷惑なら捨ててほしいと」

慧がふたつ目の封筒に指を入れて、なにかを引っ張り出した。

それは、白黒の長細い写真だった。見知らぬ若い女性に手を引かれ、隣をじっと見ている小さな少年。これが――。

「おじいちゃん……」

慧は、ふたつの写真を合わせてみる。するとそれは、ぴったりと一枚の写真になった。会ったばかりのはずなのに、少年の視線の先に幼女がいることに、胡桃は胸が詰まる。

――ほっほっほっ。気が合うふたりじゃ。仲良しじゃな。

仮病を使って、自分の孫と愛する女性の孫を引き合わせた老人は、あの時なにを思っていたのだろう。

そんな最中、胡桃のスマホが着信を告げた。

「……瑞翔閣の主任からだわ。はい、もしもし……」

『胡桃ちゃん？　泰三さんのご家族が取り合ってくれないのだけれど、胡桃ちゃんは今、お孫さんと一緒？』

「はい、一緒ですが……」

『だったらふたりですぐに瑞翔閣に来て。泰三さんが……危ないの！』

電話はすぐに切れた。ツーツーツーという機械音が虚無感を広げていく。

「あ、あの……瑞翔閣から、おじいちゃんが危ないって……」

慧は目を細め、理央と顔を合わせた。

「嘘《うそ》、かもしれないけれど、でも……」

行きたいと胡桃が言い終える前に、慧と理央が立ち上がる。

「――行くぞ」

慧に初めて会った時、彼は胡桃が告げた危篤の知らせに動じることなく、祖父は仮病だと信じて疑わなかった。その彼が今、率先して祖父の元に駆けつけようとしている。

強張った顔をしているのは、孫として祖父の安否を心配しているからだ。

そうした変化が微笑ましくもあり、同時に慧を駆り立てるものに、嫌な予感がする。

(どうかどうか……またおじいちゃん流の冗談でありますように)

胡桃は祈らずにはいられなかった。

ドアを開けると――老人の個室は医療器具でいっぱいになっていた。

ベッドには酸素マスクをつけた老人が寝ており、複数の点滴やたくさんの管が見える。

「おじいちゃん⁉」

祖母の最期が脳裏を掠《かす》めて、胡桃の口から悲鳴が迸《ほとばし》った。

なにかが違った。慧を呼びに行った以前とは。

「ドクター、祖父は⁉」

慧が、機械の前にいる白衣を着た医師に、慌てた声を出した。慧もまた、芝居には思えない老人の様子と、重々しい空気を感じ取ったのだろう。

「玖珂さんは現在……肺炎から多臓器不全を起こし、敗血症も発症しています」

「前回おじいちゃんに会ったのは、数日前です。その時は元気だったのに、なんで突然そんなことになるんですか⁉」

するとと医者は困ったように答える。

「一ヶ月前あたり、玖珂さん……腰が痛いと騒いだことがありましたよね」

「あ、はい。ぎっくり腰かと思いましたけど、ただの老人性の腰痛だったんでしたよね」

「あれはただの腰痛ではなく、末期の前立腺がんによる痛みでした。あの時すでにがんはリンパ腺から全身に転移し、手の施しようがない状態でした」

「な……。がん……おじいちゃんが⁉」

「はい。玖珂さんは薄々勘づいていらっしゃり、ご本人の希望で余命宣告をしました。その際、治療は要らないが、痛みだけは散らしてほしいと」

「そんなこと、介護スタッフに伝わっていませんけれど！」

「ご本人の要望です。知っているのはごくわずか。実を言うと、前回も危ない状況でした。しかし入居さんの外出中、なんとか回復をされ……芝居だったということにしてくれと頼まれました。どうしてもしたいことがあるからと。あなたがいないところではモルヒネを打ち……身体をだましだましやってこられましたが、ここ数日で状態は悪化して、今は生きていられるのが不思議な状況です」

「そんな！　おじいちゃんはいつも元気で、慧さんが来ると本当に嬉《うれ》しそうにしていて……おじいちゃん、自慢のお孫さんとまた来ましたよ。驚かせようとしても……熱っ！」

胡桃が老人の腕を触ると驚くほど熱い。そして浮腫《むく》んでいる。布団を捲ると脇にアイスノンが入っていた。瑞翔閣では、高熱の時は体温を下げるために脇に入れることになっている。

「熱が四十度近いんです。もう解熱剤が効かず、利尿剤を入れても尿が出ない。……覚悟しておいてください。時間の問題です。……どうか最期のご挨拶を」

非情な医師の声に、胡桃が悔し涙を流す。

祖母のことといい、いつだって死は突然、否応なくやってくる。

（早いよ、まだ早すぎるよ！）

思い出すのは悪戯好きでひょうきんな老人の姿だ。

担当介護士として老人の変調に気づけていたら、毎日慧とここに来ていた。

慧との恋に走って老人を疎かにした結果、また取り返しのつかぬことを招いている。

愚かな自分は、何度こんなことを繰り返せば気がすむのだろう。

終焉《しゅうえん》は、いつだって日常の中にあるのに。

「……胡桃。スタッフルームにパソコンとプリンタはあるか」

慧が重々しい口を開いて尋ねてくる。

「ありますが……今？　今、そんなのを使うんですか？　まさか、仕事とか⁉」

思わず非難口調で噛《か》みつくと、慧は険しい表情で否定する。

「仕事ではない。今でなければ駄目なんだ。ドクター、俺が戻るまでじいさんを生かせておけ！　五分で戻る。それが出来なかったら、命がないものと覚悟をしておくんだな！」

覇王の命令に、医師は即座に震え上がって頷いた。

「理央、お前も来い。胡桃、急いで案内してくれ」

そして三人は、スタッフルームへと走った。

スタッフルームには人がいなかった。我が物顔でスタスタと中に入る慧は、一台しかないスタッフ共有のパソコンの前に座る。キーボードを軽やかに叩《たた》き、ＷＥＢからあるものをダウンロードして印刷した。プリンタから印刷物を手にした慧は、

「これが、じいさんが望んでいる……〝正解〟だ」

空きデスクの上に叩きつける。

「──婚姻届⁉」

そして彼は、背広の内ポケットからボールペンと印鑑を取り出した。

「まさか、最期だからおじいちゃんの恋を叶えようと代筆を⁉　でもおばあちゃんはもう死んで……って、慧さん、なに自分の名前を書いているんですか！」

慧は署名をして判を押すと、ボールペンを胡桃に渡す。

「……胡桃。この部屋に、お前の印鑑は置いてあるか」

「は、はい。いろいろと仕事に必要なので、三文判なら自席に……」

「だったら──黙って、妻の欄にお前の名前を書いて押印してくれ」

「は⁉」

「早く！　時間がない！」

慧の剣幕に押され、胡桃は慌てて頷いて名前を書いた。

「理央、証人の欄にサインを。お前も印鑑はあるな」

「はい、承知しました」

理央がサインしている間に胡桃は、自分のデスクから印鑑を取り出した。そして理央の署名と判が押された婚姻届に、押印する。

（なんだかよくわからないけど……生まれて初めての婚姻届の記入なんだよな）

感動も実感もなにもない。脅されるように記入した婚姻届を持って、老人の部屋に駆け戻った。

部屋では機械の赤いランプが点滅し、看護師が焦った声を響かせている。

「血圧、下がり始めました！」

看護師の慌てた声を背に、慧が老人に怒鳴る。

「じいさん、聞こえるか⁉　じいさんが望んだものを持ってきたぞ。証人欄にサインしろ！」

「慧さん⁉」

「じいさん、聞こえているんだろう⁉　俺が証人として認めるのは、理央とじいさんだけだ。じいさんがサインしないと、俺はあんたが愛する椿さんの孫……胡桃と結婚できない。あんたと同じく、他の男にとられるのを黙って見ていろというのか！」

胡桃は、必死に叫ぶ慧の思惑がようやくわかった。

「それに鍵！　じいさんが元気になって鍵をくれないと、腕輪つけたままの結婚式をするんだぞ。冗談じゃない！　俺たちの幸せを邪魔するな、今すぐ責任もって外せ！」

祖父が死の淵《ふち》から戻ってこられるよう、奮い立たせているのだ。老人の望みとは、叶えられなかった己の恋の成就。孫を使ってそれを叶えようとしていたのだと、胡桃は気づく。

老人の軌跡を辿らせ、巡り合わせた慧と胡桃を、結ばれるようにしたかったのだ。

「おじいちゃん、聞こえていますか⁉　わたし……慧さんを好きになったの。慧さんと結婚したいの。だからお願い……サインをして。そこから頑張って起きて、ね！」

老人の目が薄く開き、震える手がふたりに向けて伸ばされる。

「血圧、上がってきました。心拍数も回復！」

看護師の声を聞きながら、胡桃と慧はその手を摑んだ。

「その調子！　おじいちゃん、見える？　婚姻届……わたしと慧さんのサインと判がちゃんとあるでしょう？　あとはおじいちゃんのサインだけ。おじいちゃん……わたしのおじいちゃんになってね。椿おばあちゃんの血を引くわたしも、孫として可愛がってね」

虚ろな老人の目から、涙がつぅとこぼれ落ちた。

「わたしたちに子供ができたら、おじいちゃんとおばあちゃんの血を引くんだよ」

胡桃はポケットに入れっぱなしにしていた、白黒写真の右半分を老人に見せた。

「おじいちゃん。これも見える？　あの写真の半分だよ、おばあちゃんも持っていたよ。おじいちゃんの手紙も、ちゃんと保存していたよ。気持ちは……消えてなかったよ」

老人の口がなにかを言いたげに動く。

『つ・ば・き』――祖母の名を呼んだように、胡桃には思えた。

そして老人の眼差しに愛おしみが滲んだ瞬間、その顔から急速に生気が失われていった。

熱で紅潮していた肌が、みるみるうちに土気色になっていく。

するりと魂が抜け出ていくようで、胡桃は必死になって叫んだ。

「おじいちゃん、そっち行っちゃ駄目、戻ってきて！　おばあちゃん、まだおじいちゃんを連れていかないで！」

ピーピーピー。背後から聞こえるのは、危険を知らせる耳障りな機械音。

「じいさん……じいさん、逝くな！　俺はまだひと言もあんたに……あんたに！」

そして——ピーと長引く機械音が聞こえた直後、老人からすべての力が失われた。

医者が老人の目に小型のペンライトをあて、手のひらで老人の瞼《まぶた》を下ろした。

「……午後四時二十三分、ご臨終です」

胡桃の中で、ぷつんと緊張の糸が途切れた。

呆然《ぼうぜん》としたままふらつく彼女を、慧が抱き留める。

「玖珂さんから、自分が万が一の時にはお孫さんか入居さんに、これを渡すようにと」

医者から手渡されたのは、小さな袋と四つ折りの手紙だった。

受け取った慧が、手紙を開く。

『最期まで楽しかったわい。可愛いふたりが一緒になるのなら、ワシも安心じゃ。大往生じゃ。……慧よ、玖珂を頼むぞ。胡桃さん、ワシの可愛い孫を守ってくれ』

袋から出て来たのは、ボタンがひとつだけついた小さなリモコン——。

慧が静かにそれを押すと、ふたりの腕輪が床に落ち、無機質な音をたてた。

今までどんなことをしても外れなかったふたりの縛め《いましめ》。それが、老人の命と引き換えに呆気なく外れたことが無性に侘《わび》しくて、胡桃は床に座り込んで泣きじゃくった。

「……後のことは俺が引き受ける。だから今は……なにも心配せずに眠れ」

慧の言葉に答えることなく、ベッドの上の老人は満足げに微笑んでいた――。


季節は、蒸し暑い夏に入っていた。

玖珂グループを率いた会長が亡くなり、二ヶ月。

その間、胡桃は慧に会っていなかった。

最後に見かけたのは葬式だ。故人の担当介護士として、瑞翔閣の上司とともに参列し、遠くから慧とその家族を見ていた。

慧は少し痩せた気がした。気軽に声をかけられない……この距離感こそが現実だと思えばやるせなかった。

慧と腕輪で繋がれていた日々は、まるで夢のように思える。

夢から覚めた日常で、相変わらず瑞翔閣の介護士として忙しく働いているものの、やはりなにかが違った。なにかが圧倒的に足りなかった。

よく晴れたその日、仕事が休みだった胡桃は、都内の墓地に行き墓石に柄杓《ひしゃく》で水をかけ、声をかけていた。

「おじいちゃん、お元気ですか。おばあちゃんと楽しんでいますか?」

それは、真新しい老人の墓だった。

「おばあちゃんの隣のお墓ではなかったけれど、玖珂家には菩提寺《ぼだいじ》があるみたいなのに、わざわざおばあちゃんが眠るこのお寺にお墓ができたのは、きっと慧さんのおかげだね」

ぎらつく太陽のおかげで、水をかけてもすぐに墓石が乾いてくる。

「お葬式で見た後埜総帥、本当に痛ましかったわ。遺影がある立派な祭壇を見つめて立ち尽くし、ぼろぼろ泣いていた。本当に仲良しだったんだね。見えているかな、墓石の横に『天晴　好々爺』って彫られてあるの。友情は廃れないね。……そうそう、雑誌で見たけれど、後埜ホテルは本格的にセキュリティの入れ替えをするみたい。総帥と慧さんとの縁も消えないで続くんだね」

少し風が出て来たようだ。線香の煙が揺れている。

「あとね、テレビで見たけど……慧さんのセキュリティタウンプロジェクト、本格的に始動だって。完成はまだ先だけれど、守られる側の立場に立った、心から安心できる優しいセキュリティだそうよ。瑞翔閣も興味を示しているみたい。よかったよ、お飾りの期間限定秘書でも、慧さんの役にたてたみたいで。ＯＬを経験できたのは、いい思い出だったわ。護衛も楽しかった。でもわたしは介護士。やっぱりお年寄りのお世話が向いている」

緩やかにそよぐ風が胡桃の頬を優しく撫でる。

「慧さんは、お父さんの代理として頑張っているみたい。週刊誌によると、玖珂本社の副社長を兼任した慧さんが、大幅な経費削減分や重役報酬をグループ社員に還元したことで、ブラック気味だった会社が変わったとか。それと悪しき因習を断ち切る、思い切った人事と事業改革により玖珂の未来は安泰だろうと、褒め称えられているのよ。それによって、慧さんが新たな敵に襲われても、桜庭社長が率いるＳＳＩがついているのなら、リスの護衛なんかなくても大丈夫。わたしはもう、お役御免でいいよね？」

急に風が止んだ。そのことが、無性に寂しい心地にさせる。

胡桃は新しい線香に火を付けて、再び語りかけた。

「おじいちゃん、慧さんと離れたこと……怒ってる？　でも慧さんもわかってくれたのよ。おじいちゃんの命を腕輪と同じにしたくないの」

胡桃は二ヶ月前に、慧に言ったことを思い出す。

――わたし、おじいちゃんの命が消えたから腕輪が外れたのだと考えたくないんです。おじいちゃんは死ぬことなく、消えぬものとなったことを……どうしても証明したい。腕輪のように、落ちたら終わりにしたくないです。だから、慧さん。しばらく会うのをやめたいの。わたしたちの縁が消えないとわかったら、その時は……。

「わたしたちは、おじいちゃんを人として見ない、冷たい家族になりたくないから。おじいちゃんが生きた痕跡を受け継ぎたいの」

胡桃は薄く笑い、墓石を撫でた。

「でもね、正直……不安。テレビや雑誌で見る慧さんは、別人のようで。超絶格好いい覇王なんだけれど、今まで以上に背負うものができたことがわかった。住んでいる世界が違うなって。そして、婚約者がいるとかスキャンダル記事が出始めてね。わたしはこんなにも彼のこと好きだけれど、もしかして彼は違うのかな。やっぱり腕輪のせいで特別な気になっていただけなのかなとか思うと、切なくなるの」

　ほろりと胡桃の目から涙がこぼれ落ちた。

「一定期間離れようとは言ったけれど、別れるとは言っていないわ。言えるわけないじゃない、好きなんだから。だけどわたし馬鹿だから、いつまでと言わなかったの。自然消滅しちゃったら……それ以前に、慧さんの中でなにも始まっていなかったらどうしよう」

　胡桃は膝を抱えて、めそめそと泣いた。

「慧さんに会えないのがつらい。ひとりには慣れているし、おじいちゃんとは違い、会おうと思えばいつでも会える。だけど会いにいく勇気もない。彼だって別に会いたいと思わないから、会いに来てくれないんでしょう？　ひどいよね、腕輪で繋がっていた時は、拒んでもずっとちゅっちゅ迫ってきたのに、用済みなのは腕輪じゃなくてわたしなのかな」

「……それはないな」

「わからないわ、そんなこと。もし慧さんが別の女性と……あるいは泰川さんと、ちゅっちゅしていたら、わたし怒り狂って、また投げ飛ばしちゃうかも」

「ありえないし、三度目はごめんだ」

「でも二度あることは三度……って、え？」

　ようやくそこで、返事をしてくる存在に気づいて振り向けば――仏花を手にした慧が笑って立っていた。

驚愕《きょうがく》に満ちた胡桃の顔に、ぱっと生気が宿ったが、すぐに落胆して墓石に向いた。

「……おじいちゃん、幻を見ちゃった。おじいちゃんの力？　それとも蜃気楼《しんきろう》？」

「二ヶ月ぶりなのに、無視するんじゃない。……馬鹿」

甘やかな声とともに、後ろから抱きしめられる。ふわりと漂う慧の匂い。

「――じいさん。焦がれる想いを押さえつけ、死に物狂いで仕事して、あんたの穴を埋めるべくさらに働いて、ようやく四十九日が過ぎた。忌明けだから……もういいな。胡桃と愛し合っても」

（本当に……慧さん、なの？）

「胡桃、自分がしばらく会わないと言い出したのに、お前が揺らいでどうする。俺が浮気なんかするか！　もう俺は……お前にしっかりと繋がれているんだ。なんの心配もないのに」

慧は胡桃の真向かいに立ち、顔を見せた。

精悍《せいかん》な覇王の顔。同時にそれは、胡桃だけに見せる……愛おしさに溢《あふ》れる優しい顔でもある。

「胡桃、俺のところに戻って来い。もうこれ以上、離れているのは無理だ」

……胡桃が会いたくてたまらなかった男が、ここにいる。

「この後、瑞翔閣に奪還に行くつもりだった。その宣誓をしにここに来たら、お前がいた。じいさんがいなくても、俺たちはきちんとした絆《きずな》で結ばれているだろう？　だから

「……もう、ごちゃごちゃ考えずに運命なんだと観念して、俺に囚われろ」

そして慧は切なげに笑うと、両手を広げた。

「おいで」

(慧さんがいる。慧さんが……慧さんが！)

胡桃の中に激情が込み上げる。

なにひとつ言葉にならないまま、胡桃は慧に抱きついた。


久しぶりに足を踏み入れる慧のマンションは、温もりがなく冷え冷えとしていた。

室内に入った途端、胡桃の唇は荒々しく奪われる。

「んぅ、んんっ、慧さ、ん」

ねっとりと舌を絡ませ合い、音をたてて互いの舌を吸う。

ああ、このキスだと胡桃は思う。脳まで蕩《とろ》けるようなこのキスに焦がれていた。

注がれる慧の唾液は甘露にも似て、胡桃がうっとりと嚥下《えんげ》すると、慧は嬉しそうに笑う。

寝室の窓から差し込む陽光は眩《まぶ》しく、その中で裸体を晒《さら》すのは羞恥を強めたが、それでも胡桃は一糸まとわぬ姿になった。見てほしかったのだ。彼を求め続けていた、ありのままの自分を。

かつて腕輪があった慧の片手は自由となり、両手で胸を揉《も》みしだかれる。

会えずに凍えていた時間を解きほぐすかのように、ゆっくりと。

胡桃が甘い吐息を漏らすと、慧はうっとりと微笑んだ。

「胸の先もこんなにしこらせて……本当にうまそうな身体だ」

勃ちあがった胸の蕾《つぼみ》は、慧の指で押し潰され、やがてくりくりと捏ねられる。

「は、あんっ、ぁあ……」

慧が舌をくねらせて、左右交互に蕾を揺らしては、吸いついてくる。

微弱な電流に感電したが如く、ざわついた刺激に肌が粟立《あわだ》ち、胡桃は身悶《みもだ》えた。

気持ちいいと思うたび、下腹部の奥が熱く蕩け、そこも触って欲しくてたまらなくなる。無意識に下半身を慧の身体に擦りつけてせがんでしまうと、慧はその意味がわかったようだ。

「ああ、いいぞ。ここも……可愛がってやる」

慧がふっと笑ってみせると、精悍な身体は下に滑り落ち、胡桃の足は大きく開かれた。

逃げそうになる腰は、慧の両手でがっちりと抱え込まれ、挑発的な目を胡桃に向けたままの顔が秘処に埋められていく。潤いさざめくそこに、じんわりと熱い唇が押し当てられ、胡桃は思わずぶるりと身震いをした。

「こんなに誘って……たまらないな」

細められた切れ長の目に、捕食者みたいなぎらついた光が宿る。慧の舌が忙しく動き、花園を掻《か》き回した。くちゅくちゅと湿った音が、胡桃の羞恥心を煽《あお》りながら快感を高めていく。

「あ、やぁっ、気持ち、いいっ」

なおも溢れ出る蜜は、じゅるじゅると音をたてて強く吸われる。そのたびに胡桃の身体が跳ね、だらしなく広げたままの足が大きく揺れた。

「ぁあ……わたし、イっちゃ、イっちゃう……！」

爆ぜたばかりの身体に容赦なく、蜜口から差し込まれた指が動き出す。

「そんな、まだ……あっ、わたし、あぁ……」

「後から後から蜜が溢れるな。どれだけ感じているんだ、お前は」

甘さを滲ませた慧の声は、胡桃の反応に上擦っていた。

「そんな、こと言わな……ああ、そこ駄目、駄目っ」

ぞくぞくとしたものが迫《せ》り上がってくると同時に、下腹部の奥がきゅうきゅうと切なく疼《うず》く。愛おしい男をもっと奥まで欲しいとねだっていた。

剝き出しの彼を、深層で感じたい——。

(せっかく慧さんに会えたのだから。もう……腕輪はないのだから……)

胡桃は涙目で頭を横に振りながら、慧に懇願する。

「指……いや。慧さん……あなたがいい。慧さんと、ひとつになりたい……」

途端に慧は苦しげな面持ちとなり、そして指を離すと苦笑する。

「いいのか、お前の中に挿って。もっとよく解さないと……」

「痛くてもいい。慧さん……わたしにずっと足りなかった部分を、埋めてほしいの。もっともっと剝き出しのあなたに、奥まで隙間なく……愛されたいの」

「あぁ……最高の口説き文句だな」

慧は枕の下に手を伸ばすと、銀色の小さな包みを取り出した。胡桃に艶めいた視線を向けながら、それにキスをする。そしてワイルドに歯で封を切った。

「用意周到と笑いたければ笑え。俺だって……ずっと待っていたんだ。今だって、可愛いお前の姿に、限界だった」

避妊具を被せた剛直は、雄々しくそそり立っていた。

胡桃が触れると、びくびくと悦びを伝えてきた。

慧は悩ましげなため息をついて胡桃の唇を啄《ついば》むと、己自身から胡桃の手を剝がし、熱く蕩けている花園に剛直をなすりつけた。

慣れた感触が蘇《よみがえ》り、胡桃の口から恍惚《こうこつ》とした吐息が漏れる。

慧はそれを柔らかく目を細めて見つめると、蜜口に当てたものをぐぐっと押し込んだ。

「あああっ」

硬い異物に中を擦り上げられ、肌が一気に粟立つ。ぞくぞく感が止まらない。

ぎちぎちと中を押し開いて、大きなものが奥に侵入してくる。

「……ん、む……っ、キツ……」

慧の口から苦悶の声が漏れた。顔はわずかに歪《ゆが》み、片目が苦しげに細められている。

「痛、い……？」

思わず尋ねると、慧は余裕のない顔で笑みを作った。

「あまりによすぎて……もっていかれそうなんだ。熱く絡みついてくる、この気持ちよさ……想像以上だ。たまらない……」

とろりとした顔で感じている慧の表情は、壮絶な色香が漂っている。

「お前は？　痛くない？　怖くない？」

「大丈夫。もっと……乱暴でもいいから、奥にきて」

すると慧がふっと笑い、腰を押し込んだ。

強く内壁が擦り上げられ、胡桃は嬌声《きょうせい》を上げてシーツをぎゅっと掴む。

「あ……キツ……。そんなに……締めつけるな」

慧は男らしい喉仏を見せつけるようにして、歯を食いしばっている。

胡桃は、その艶めいた慧の様子にぶるっと身を震わせた。腹の中が慧の熱と質量に占領されていく。恋情と息苦しさが同時に襲ってきて、胡桃ははくはくと頼りなげな息を繰り返す。

「あ……胡桃、あと少しだ」

そして――最後にずんと押し込まれ、互いの股間が触れあった。距離がなくなった瞬間、ふたりは潤んだ目を合わせ、感極まった声を出した。

「繋がった……！」

そしてきつく抱きしめあい、歓喜のキスを繰り返す。

欠けていた部分が今、完全に満ちた——込み上げてくる感動に、胡桃が打ち震えている
と、慧が胡桃の頭を優しく撫でる。

「セックスって……愛の行為なんだな。快楽と喜悦とが混ざった、満ち足りた表情で。

甘い言葉は熱を帯び、胡桃の胸をきゅんとさせる。繋がると余計、お前が愛おしくてたまらない」

「胡桃……愛してる。我慢し続けてきた分、今……幸せだ」

蕩けるようなその笑みに、慧の充足感が色濃く滲み出ていた。

「……慧、さん……っ、わたしも……わたしも幸せで……」

慧は、震える胡桃の唇にしっとりと唇を重ねてから、優しく言う。

「俺は人に気持ちを伝えるのが下手だが、どうか……お前を愛するこの気持ちだけは、お
前の心にお前の身体に……伝わるように」

慧は動き始めた。ぎちぎちと押し入ったものが内壁を擦りながら動く感触は、鳥肌が立
つほどの快楽を胡桃に与えてくる。慧の動きに合わせて、甘く弾んだ声がとまらない。

抜かれると悲しくなり、戻ってくると嬉しくなる。繋がっているのが自分の心と体なの
か、それとも慧の心と体なのか、境界が曖昧になってくる。

どちらでもいい。愛し愛される……愛の枷で繋がっているのならば。

「ああ、んっ、慧、さんっ、好き。好きで、たまらないの。あなたが好き」

自分の中で快感が大きくなるほどに、慧への愛も膨れあがる。

会いたかった。彼の愛にしっかりと繋がれたかった——言いたいことはたくさんあるのに、出てくるのは幼稚で辿々しい言葉の数々。それでも出入りする慧がさらに猛々しくなったことを思えば、きちんと気持ちは伝わっているのだろう。

粘膜が擦れる音が大きくなる中で、汗を浮かべた慧が呻《うめ》いて胡桃に言う。

「胡桃……俺を……呼び捨てに、しろ」

胡桃は、繋がった時に呼び捨てにしてほしいと言われていたことを思い出す。

しかしどうしても呼び捨てることに逡巡《しゅんじゅん》してしまうと、慧に耳打ちされる。

「愛する女には……ありのままの名で呼ばれたい。……頼むから」

（縋るように言うなんて……反則過ぎる！）

「け、慧……っ」

真っ赤な顔で振り絞った声を出すと、慧の笑みに男の艶が増した。さらに剛直が悦びに震えて猛り、獰猛に突き上げてくる。

「やあああっ」

蜜が溢れるように、奥からとめどなく広がる甘い快楽に狂いそうだ。こんなにも繋がって得られる快感というものは、激しいものなのだろうか。あれだけ剝き出しの部分を擦り合わせてきたというのに、まるで質が違う。

ひとつに溶け合う充足感と、それに相反する渇望の狭間に囚われながら、本能がすべて

の快感を拾い上げようとしている。野生の動物《ケダモノ》と化してしまいそうになる。

理性を凌駕《りょうが》する激情に翻弄されて、ずんずんとした震動に揺さぶられながら、胡桃は嬌声をあげ続けた。

「胡桃……お前の中、最高だ。熱くうねって……俺を捕らえようとしてくる。……ああ、駄目だ。早すぎる……けど、駄目だ。持たない……俺……っ、イキ、そうだ……」

汗ばんだ肌と髪。慧が余裕ない掠れた声を上げる。

感じている慧の様子は、胡桃を頭の芯から痺《しび》れさせていく。

幸せだと思う。好きな男と、こんな快感を共有できるのなら。

身体全体で慧を感じられることが、嬉しくて仕方がない。

(好き。わたし、この人がとてつもなく好き。彼じゃないとこんなこと、したくない)

「いいよ、イッても。わたしでイッて。ああ、慧……わたしも……イキ、そう。あなたのが気持ち、いいの。ああ、もっと……あなたのすべて……が、欲しい。慧……わたしを壊して。もっともっと……激しく、わたしを……愛して」

胡桃の両手が慧の背中に回り、その足が慧の腰に絡みつく。彼の精をすべて受け止めたいというかのように強く。

慧は一度呻き、熱が滾る目をぎゅっと細めた。胡桃の頭を両腕で抱えると、その耳元に唇を寄せ、彼の喘ぎ声を聞かせながら、ラストスパートをかけた。

「胡桃、胡桃……っ、あぁ、好きだ。お前は……俺だけのものだ」

急いたように名を呼び、独占欲をみせてくる慧が愛おしく、胡桃は目尻から涙を流した。快感と愛情がさらに膨れあがり、身体が弾け飛びそうだ。

「ああ、もう……駄目。慧、わたし、わたし……」

官能の渦が激しくうねり、胡桃を飲み込もうとしている。

「ああ、俺も……俺も一緒に……っ」

両手を繋ぎ、唇が重なる。奥を抉《えぐ》るように慧が貫き、どこまでも慧を感じる。

逃げ場がない中で、深層より怒濤《どとう》のように押し寄せてくる愛の奔流に、胡桃は甘い悲鳴を上げた。

「ああああ……！」

受け止めきれないほどの衝撃が、胡桃の身体の中を一気に駆け抜ける。

「——くっ、俺も、イク……」

耳に艶っぽい声が聞こえ……薄い膜越しに熱い飛沫《しぶき》が放たれたのを感じ取った。

「あぁ……幸せ」

胡桃がうっとりとそう呟くと、息を整えていた慧が胡桃を胸に掻き抱いた。

「俺の台詞を、とるんじゃない」

情事の余韻が残る顔で甘やかに微笑まれ、胡桃の胸が愛おしさで苦しくなる。

視線が絡まると自然と唇が重なり合った。

「この二ヶ月、お前恋しさに狂いそうだった。お前がいたこのベッドでひとり寝ることができず、仕事をするしかなかった。おかげで仕事が捗ったがな」

慧はすりと、胡桃の頬に己の頬をすり寄せた。

「じいさんを大切に思ってくれたお前の気持ちもわかるし、じいさん亡き後は引き継ぎだのなんだのいろいろと忙しくなる。喪中、仕事の合間にがっついてお前を抱くのもどうかと思って、お前の提案に乗ったが……今まで以上の我慢を強いられた。お前が隣にいないのが、これほど堪えるものだとは思わなかったよ。……会いたかった。こうやって愛し合いたかった。とても」

「わたしも……」

「消えないだろう？　確かに俺たちのきっかけは、じいさんの腕輪だったかもしれない。だけどもう腕輪がなくとも、お互いの意思で俺たちは強く繋がれている。その絆の中で、じいさんは永遠に生き続けていく。二度と消えることはない」

「……はい」

「俺はお前を離さない。最後まで抱いてしまったら、余計お前が愛おしい。俺たちは終わらない。終わらせない。だからこの先も不安を感じずに俺のそばにいろ。俺を信じて」

「はい！」

「浮気するなよ」

「はい」

嫉妬深いのは相変わらずらしい。胡桃は笑った。

「結婚、しような」

「は……え？」

胡桃が聞き返した途端、甘い空気が微妙に変化する。

「こんなに愛し合っているのだから、結婚は当然だろうが。むしろなんで驚かれるのか、わからん。お前は俺を好きだと言いながら、俺が他の女と結婚するのを望んでいるのか？」

「いや、でも……あなたは玖珂の……」

「玖珂のなんだ？　それは最初からわかっていたはずだ。それともお前は最初から、玖珂の次期当主をヤリ捨てる気でいたのか」

「ヤリ捨て……そんなわけでは」

「この二ヶ月、なにを考えていたんだ。俺との未来を現実的に考えろよ」

……ということは、彼は自分との未来を考えていたのだろうか。

「お前はじいさんの望みを叶えてやりたいと思わないのか」

「う……。だったら慧さんは、おじいちゃんの望みを叶えるために結婚をしようと」

「俺はその気もないのに、婚姻届など書かないぞ」

「……っ、あれはお芝居では……」

「お前は芝居で、婚姻届を書く女なのか？」

「違いますけれど！　非難するような目はやめてください。あの状況では……」

「俺はじいさんに共感し、自分の意思で書いたんだ。お前が相手でなければ書かない」

慧はむくれている。

「そんなにいやか、俺を夫にするのは。将来俺との子供を生み、家族を増やすことは」

家族――天涯孤独な胡桃が欲しかったもの、それを慧がくれるというのか。

「……いつになれば、結婚したくなる?」

胡桃が結婚に乗り気ではないと思っても、慧は引く気はないらしい。駄々っ子のように拗ねた表情で尋ねてくる慧が可愛くて、胡桃は思わず噴き出した。

本当に慧は、たくさんの表情を見せてくれるようになったと思う。

どの彼も、愛おしくてたまらない。これからもずっと、彼を見ていたい――。

慧と家族になるために困難と戦い、時には大切なものを捨てる覚悟ができるだろうか。

考え込んだ胡桃は、やがてにっこりと笑った。その目にはもう、迷いはなかった。

「いつ、しましょうか。慧さんが望んでくれるのなら、わたしは……いつでもいいです」

「え……」

「こんな幸せ、嫌がるわけないでしょう? 末永く……よろしくお願いします」

すると慧はくしゃりと、覇王の面持ちを崩して嬉しそうに笑った。

「用意ができたら、ちゃんとプロポーズする。だから今は、予約な」

慧は胡桃の左手を掴む。それは腕輪に繋がれていた手だ。その薬指に歯をたてると、赤い痕がついた。それを見て満足げに微笑んだのは、慧だけではなかった。

吸い寄せられるように唇が重なり、足が絡み合う。

幸せの吐息は、次第に乱れて官能的になっていく。

「……胡桃。また、いいか？」

男の艶に満ちた顔で、慧が問う。

「もちろん。何度でも……あなたをください」

「では、遠慮なくお前をもらう」

抱きしめ合った横臥《おうが》の姿勢のまま、胡桃の片足が持ち上げられ、熱杭《ねつくい》が中に入ってくる。

一度吐精したとは思えないほど怒張したそれが、中を擦り上げてきた。

「うん……」

きっと何度繋がっても、彼と溶け合う恍惚感に慣れることはないだろう。

この……息がつまるほどの幸せな感覚は。

「明日は休みだ。ずっと……お前を抱いていたい」

封を開けられた真新しい避妊具の包みが、ベッドの下に落ちている。

胸に抱えた愛を繋ぎ合わせるのは、長いようで短いひととき。

身も心も満ち足りた今なら、どんな障害をも突破できそうな気がした。

第五章　愛枷は餓えし覇王を囚える

休暇最終日、濃密な蜜月を愉しんでいたところ、慧の家に耳慣れぬ電子音が響いた。

「玄関のインターホンが鳴っている……？」

慧は身の安全のため、理央と胡桃以外には自宅を教えていない。さらに郵便や宅配物はすべて会社で受け取るようにしている。

リビングにあるモニターを確認した慧の顔が強張った。胡桃もモニターを覗《のぞ》き込むと、そこには俯《うつむ》き加減の理央と、冷ややかな面持ちをした美女が立っている。

理央が連れてきたのは誰かと問う前に、慧は嫌悪に満ちた顔で説明した。

「俺の義母、美紀子だ。……ちっ、理央を使ってとうとう乗り込んできたか」

（お義母さま……）

――義父にとって家族とは退屈しのぎの玩具にしかすぎないのよ。たくさん振り回して遊んできたのだから、最期の時くらい、せめてひとり静かに逝ってもらいたいものだわ。

老人の危篤をも鼻で笑っていた女性。老人の葬式の際に遠目で見たが、悲劇のヒロインの如く大泣きしていた。

――お義父さま、なぜ私たち家族をおいて逝かれたんです？　もっともっとお話ししたいこと、教えていただきたいことがあったのに！

「……俺がいつも門前払いを食らわすから、理央に奇襲をかけたのか。理央を人質にされているのなら仕方ない。部屋に入られるのは癪《しゃく》だが、出るか」

面倒くさそうに言った慧は、バスローブ姿のままで出迎えようとする。

「え!?　わたし、せめて着替えて……いやいや、寝室にでも閉じこもって……」

胡桃も慧とお揃《そろ》いのバスローブ姿だ。

身を隠そうと考えた胡桃だったが、ふとリビングを見渡す。

テーブルに置きっぱなしのふたり分の朝食。脱ぎ捨てた服、封を切られた避妊具の残骸……明らかに女の影を示す証拠品が散乱している。胡桃は、わたわたと慌てて言った。

「まずは、マッハで片づけ……」

「そんな必要はない。ちょうどいいかもしれん、顔合わせに」

「な、なんで顔合わせなど！」

「結婚を考えているからだろう？」

「そこ、照れて言うところじゃないですから。どんな顔でお義母さまに会えと!?」

「細かいことは気にするな。気にしなくてもいい相手だから、ありのままでいい」

「いや、そこは気にしないと駄目です。あまりにも本能に立ち返りすぎですって！」

青ざめる胡桃の制止を振り切って、慧は玄関のドアの鍵を開けたのだった。

美紀子は、情事の余韻を漂わせる胡桃がいたことに、険しい顔つきになった。

目鼻立ちが大きい美人だけに、感情がはっきり顔にでやすい。

彼女はリビングで、胡桃が必死に隠したい数々の証拠をすぐに見つけ出してしまったようだ。目尻がさらにぐっと持ち上がり、胡桃は怖れをなして蒼白《そうはく》だ。

「なにを突っ立っているの。茶でも淹《い》れなさい！」

「はいいいい！」

キッチンに走ろうとした胡桃は、慧に襟首を摑《つか》まれ、彼の隣に座らせられた。

バスローブの下は、ふたりともに全裸である。胡桃は美紀子から胸元をぎろりと睨《にら》まれ、その場でできる限りの身繕いをする。

（最悪だ……。自己紹介なんてしようものなら、殺されそう）

慧はこの険悪な空気を気にもしていないようだ。胡桃の肩に片手を回して引き寄せ、特別感を見せつける。美紀子のオーラはますますどす黒くなったが、慧は悠然として美紀子に告げる。

「胡桃は使用人ではなく、俺の恋人です。勝手に不当な扱いをしないでいただきたい」

（詰んだ……）

胡桃の意識は遠のきそうになった。しかし肩を掴まれて、逃げることも叶《かな》わない。

「……まあ、一応あなたは戸籍上俺の義母だ。父さんとともに、近く彼女を紹介しようと思っていました。俺の結婚相手として」

確かに結婚したいと言われた。素直に嬉《うれ》しいと思った。

しかしなにも今、その話をしなくてもいいではないか。胡桃は涙目である。

「慧様、こちらを」

理央は己のセカンドバッグの中から一枚の紙を取り出して、慧に手渡す。どうかそれが、この澱《よど》んだ空気を変える浄化剤になるようにと、胡桃は必死に祈る。

（泰川さんなら空気読んでいるよね。大丈夫、彼女のフォローを信じて……）

「俺と彼女の署名が入っている。あとは証人の欄をひとつ、埋めるだけです」

（なぜ今、あの婚姻届が出てくるの！）

そんな胡桃の心の声を察して宥《なだ》めているかのように、肩を撫《な》でる慧の手は優しい。

「慧さん。あなたはご自分の立場がおわかり？」

「はい。玖珂の力と財産は、自分の人生を謳歌《おうか》するためのものだと思い込み、それが使える立場にいると思いこんでいる……あなたよりはずっと」

――俺を生んだ母親は早くに死に、後妻が愛するのは玖珂の力だけ。

――慧様は本当に笑わないお子様だったんですよ。笑うのは思い通りにことが運んだときの〝にたり〟くらい。笑いというか感情を出さないお子様だったので。

「玖珂本社の副社長から、なんの権限ももたない、ただのお飾り執行役員に引きずり下ろされてなお、俺の立場がわかりませんか？」

胡桃は雑誌記事を思い出す。美紀子は、慧が称賛されていた人事改革の犠牲になったようだ。

「それとも横領の事実を公にして、告訴した方がいいですか？」

「証拠もないくせに……」

美紀子はぎろりと慧を睨みつけたが、彼は冷笑した。

「俺が証拠もなく動くと？　見損なってもらっては困る」

慧は超然としたオーラを見せつけ、長い足を組み替えながら言った。

「ペーパーカンパニーを始めとして、あなたの資金源となっていた会社は、近々消えてなくなります。その情報があったから、ここに来たのでは？　泣きつくか色仕掛けか、お得意の方法でどうぞ。ここで胡桃と、あなたの茶番劇を眺めさせてもらいますから」

「あなた、義母に向かって……」

「ああ、親子ごっこで情に訴えるつもりですか。俺が今まであなたの排除に動かなかったのは、身内としての体裁を気にしただけのこと。ある種、温情です。恨むなら……それに気づかずに、亡き会長の遺産である開発中の新素材を、勝手に海外に売り飛ばそうとした、ご自分の浅はかさを恨むがいい」

（おじいちゃんの新素材って……あの腕輪のこと？　あれで金儲《もう》けしようとしていたの、

このお義母さん！）

　老人の遺物に手をかけたこともあり、慧は思い切った実力行使に出たのかもしれないと、胡桃は思った。慧なりに祖父の想いを大切にしたいのだろう。

「俺に祖父の後ろ楯《だて》がなくなっても、父から全権を委ねられ、当主代理として動いている。玖珂を統べるのは、あなたじゃない。もういい加減、人を雇って俺を襲ったり適当な女とのでっちあげ記事を週刊誌に書かせたりするのは、やめていただきたい。次期玖珂当主から、さらなる制裁を加えられたくなければ」

（え……慧さんを拉致しようとしていた犯人の黒幕って、お義母さんなの⁉）

　胡桃は驚くと同時に、この二ヶ月の間にマスコミを騒がせた、慧と他の女性とのスキャンダルがゴシップだと聞いてほっとした。

「なにを言っているのかわからない。なぜあなたを襲わせないといけないの。仮にも息子を。さすがにそこまではしないわ。そんな、私の首を絞めるようなこと」

　すると慧は怜悧《れいり》な目をすっと細めて、理央と目配せした。

「俺は当主代理として、玖珂にとって不利益と判断するものは容赦なく切り捨てる。今さら母子関係を強調して、俺に失った玖珂の力の復活や、新たな力をねだっても無駄なだけ。俺を懐柔できると思うな」

　慧が語気を強める。美紀子は悔しげに唇を噛《か》みしめた。

「胡桃をお飾りの妻にする気はない。彼女はこの先、あなた以上の力を持つ。邪険に扱うと、玖珂ファミリーとして存在することすら危うくなることを覚えておくがいい」

（いやいやいや。わたしそんなことしないし、そんな力いらないから！）

だが慧は黙っていろとばかりに胡桃を抱く腕に力を込める。

「いずれ、結婚については父を交えて正式に話をする。今日のところは理央の顔をたて、その宣告だけをさせてもらいました。もう話は終わったので、お引き取りを」

「いいえ、あるわ」

美紀子も引き下がらなかった。強気の美紀子に、慧は目を細める。

「玖珂当主の妻として、玖珂の未来のために息子に言うわ。そばにおきたいほど気に入った女がいるならそれでもいい。あの人のように思うぞんぶん、愛人になさい」

「愛人？」

かつて胡桃が繰り返し口にしたその単語に、慧の機嫌が急降下していく。

「しかし結婚は、玖珂の後継者として――玖珂に役立つ良家子女としてもらいます」

「いやだと言ったら？」

「言わせないわ。これは当主も了承済。もう婚約発表の日取りも整えている。今日はそのことを伝えにきたの」

「ふざけるな！　俺はそんなこと聞いていていない！」

慧が声を荒らげた。

「あら、ふざけているのはどっち？　こんな、どこの馬の骨かもわからぬ女を、未来の当主夫人に……私と同じ力を与えるなど冗談じゃない。大きな顔をさせるものですか！」

（わかっていたのに……堪える、なあ……）

胡桃の視界が涙で滲《にじ》む。言い返せないのが悔しい。

自分は……亡き老人にとっては特別な存在であっても、老人がいなければ、路傍の石と同じ。宝石でも、その原石でもない。どんなに磨いたところで、独自では光り輝けない。

（でも……）

「胡桃さん。あなたならおわかりよね。玖珂の跡取りに気に入られたところで、あなたは亡き義父の、ただの介護士にすぎない。介護士如きが、玖珂に取り入るなど……」

介護士という職業を馬鹿にされ、カチンときた胡桃の口から、反論が口をついて出る。

「介護士のなにがいけないんでしょうか」

「なにをって……言わないといけないの？　老人なんて朽ち果てるだけなのに、人の手をあてにしてまで生きようとするなんて、ただのやっかいなお荷物よ。そんなものを世話する仕事が、玖珂のような生産性のある素晴らしいもの以上に価値があると？　あなた、ご自分の匂いをちゃんと嗅いでいる？　老人臭いんじゃない？」

憤慨したのは慧が先だったが、胡桃は至って冷静に言った。

「彼らはわたしたちの人生の先輩なんですよ。彼らの生こそがわたしたちの歴史。敬意を払うべきじゃないですか。夫人だって老いる。それとも玖珂の力があれば、いつまでも若々しく生きていられるとお思いですか？　そんなのが可能なのは、ただの妖怪です」

「な……」

「ご老人は知識が豊富で、みかけによらずエネルギッシュな方が多い。挫けそうになるわたしを何度も励ましてもらいました。寄り添い、力になってもらいました。彼らの尊厳を最期まで守るお手伝いをさせてもらえる、介護士の仕事に誇りを持っています」

「な、なにを偉そうに。私とあなたは同列ではないのよ⁉」

「ええ、同列ではありません。あなたはおじいちゃんが危篤との連絡を受けても鼻で笑われた。わたしにとってはありえない。たとえ仮病であろうとも、そうせざるをえない感情を、簡単に見て見ぬ振りができるなんて。さらに本当に亡くなったのだと連絡をしても、あなたは飛んで来なかった。薄情にもほどがある」

どうしても、美紀子に伝えたかった。

己の欲を優先して情を蔑ろにした結果、どれだけ孤独感を覚えた人間がいたかを。

「もしも夫人がおじいちゃんの立場だったら、家族からそんな扱いを受けてどう思われますか。会いたい気持ちを馬鹿にされ、迷惑に思われて……いい気分になれますか?」

「あなた……介護士の分際で、この私に説教をするつもり?」

胡桃は美紀子の事情など知らない。しかし、同じ人間として、言っていいことと悪いことがあると思う。自分がされていやなことを人にするなど、言語道断である。

「はい。僭越《せんえつ》ながら介護士の分際で説教をさせていただきます。人間には感情がある。怒りを感じている夫人のように、おじいちゃんにも慧さんにも。神様ですら人間をモノだと見なしていないのに、人間をお荷物《モノ》だと言い切るあなたは何様なんですか。そう威張れるくらい、神官の末裔《まつえい》というものは、神様より偉いんですか？　そもそもあなたは、玖珂の血を引いていないじゃないですか。おじいちゃんたち先人が作ってきた家の中に、後で割り込んできただけでしょうが！」

美紀子は口をぱくぱくしながら、胡桃の勢いに押されていた。

「それと老人臭いと仰いました。わたしからすれば、強い香水をこれでもかとふりかけているあなたの方が臭いです。そんなの、スカンクだって嫌がって逃げていきますよ！」

一体どの言葉がとどめだったのかは胡桃にもわからなかったが、美紀子は大打撃を受けたようだ。放心状態でソファの背凭《せもた》れに身体を預ける。

（ＷＩＮ！）

胡桃がふんと鼻を鳴らすと、くつくつと笑い声が聞こえた。やがてその声は、複数になり大きくなる。理央も笑い声を押さえることができないようだ。

「失礼。ぐぅの音も出ないあなたがおかしすぎて。胡桃を甘くみない方がいい。最強の……次期当主夫人だ」

ぎらりと切れ長の目が光る。

「そんなことを言っても、結婚話はもう動いているのよ！」

「相手を言え。俺が潰す」

「玖珂当主でも潰せない相手よ！　向こうから持ちかけてきたものなの」

美紀子はハンドバッグから、女性の写真を取り出すと苛立たしげに叩《たた》きつける。

「十菱弥生。玖珂と並ぶ巨大勢力……十菱グループの社長令嬢よ」

胡桃の心臓が、どくんといやな音をたてた。


慧が美紀子を追い出した後、理央は美紀子を連れてきたことを詫《わ》び、慧に土下座をした。

しかし理央が多くを語らぬ前に、慧は笑って理央を許す。

「頭を上げろ。まがりなりとも当主夫人、お前が抵抗できない相手だとわかっている。それに遅かれ早かれ乗り込まれただろう。逆にこのタイミングでよかったよ。まぁあの女にとっては、初めて会った俺の女に噛みつかれるなど、最悪なタイミングだったのは間違いないがな」

慧は愉快そうに、くつくつと喉奥で笑った。

「……あの、今思えばわたし、慧さんのお義母さまに失礼なことを……」

「あれは義母じゃないから、気にするな。俺を通して玖珂のすべてを手に入れようとする、貪欲な妖怪だ。あの女がお前の指摘に落ち込むところがあるとすれば、スカンクに嫌われたことくらいじゃないか？」

「そっち……」

勝利したと思ったけれど、攻撃が空振りしていたようだ。胡桃は肩を落とした。

血が繋《つな》がる父がいて、血が繋がらずとも義母もいる。それなのに、家族がいて羨ましいとは胡桃には思えなかった。冷え切った仮面家族――だからこそ、慧は感情や愛を知らずに育ち、それを求める先代当主は家を出て、瑞翔閣に来たのかもしれない。

　老人は愛を失った痛手を糧にして玖珂を大きくしたという。その子供の現当主は玖珂よりも愛を求め、さらにその子供は愛よりも玖珂を求めた。

　自分と正反対の子供と、そっくりな孫。前当主の憂いは相当なものだっただろう。

『胡桃さん、ワシの可愛い孫を守ってくれ』

（おじいちゃんが慧さんに対して、本当に憂えていたこと。わたしに望んでいたのは……なにから慧さんを守ること？）

　考え込む胡桃の耳に、理央の声が届いた。

「……慧様。美紀子様は、一連の慧様の襲撃事件の黒幕ではなさそうですね」

「ああ。あの反応は違うな。あの女は直情型だから、わかりやすく感情が顔に出る」

　自分とはとことん真逆だな、と慧は皮肉げに笑う。そんな慧に理央は言った。

「慧様、ご自分で縁談を潰されるおつもりですか？　ご当主のお力を借りずに」

「もちろん。父さんには破談にする気概もない。どうせいつもの通り、相手に言いくるめられたんだろう。だがまさか十菱が結婚話を持ち込むとはな。娘可愛さだけにあの社長が動いたとは思えんが、ここまでくればあの娘をねじ伏せてこなかったのが悔やまれる」

　あれから一度も、慧は弥生と会わなかったと胡桃は聞いている。慧に冷たくされてもなおも諦めきれず、こうして慧を捕まえるための強硬手段にでたのか。

(それほどまで、弥生さんは慧さんのことを……)

「慧さんと弥生さんは、かなり古いお知り合いなんですか?」

胡桃が尋ねると、慧は緩やかに頭を横に振った。

「数ヶ月前、出席したあるパーティーで、すれ違いざまに彼女がふらついたから、手を貸した。そうしたら後日その御礼をしたいと会社にやってきた。気持ちだけ受け取ると断り続けていたが、今度は賞味期限がぎりぎりの菓子を持ってきて、手渡したいからすぐに会えと急かしてくる。拒んでもあまりに執拗《しつよう》に押しかけるから、一度我慢すれば終わりにできるならと会って受け取った。すると次からは、受付嬢にも嫁気取りだ」

「ず、ずいぶんと大胆なプッシュですね、弥生さん……」

「勘違い暴走女は過去にもいたから、珍しいものではないが、あの娘の場合、自らではなく藤沢が騒ぎたてる。面会謝絶にすれば、先日のカタギリでのように父親を使い、俺を謀ってまで会おうとする。特別な相手がいることを匂わせると、今度は玖珂に強制縁談だ」

奥歯を噛みしめた慧を見つつ、胡桃は初めて弥生と会った時のことを思い出す。

——慧様と、このあと……ふたりにさせていただけませんか? 少しでいいから。

必死だった。彼女をあそこまで駆り立てたのは——熱情。

しかし慧を追えば追うほど、彼は遠ざかる。胡桃と慧は、外したくても外せない腕輪が縁となったが、弥生にはそれがない。ふたりを縛る絆《きずな》という枷《かせ》を、自らが作り出すしかないのだ。たとえ卑怯《ひきょう》とか痛いとか思われても。

（その努力を責めたくはないな……。同じく、慧さんに恋した女としては）

恋心は理解できるが、それでも——慧をとられたくない。

この気持ちが弥生にもあるのなら、簡単に引き下がろうとはしないだろう。

「俺が今まで十菱の娘を力でねじ伏せなかったのは、それを理由に十菱につけ込まれたくなかったからだ。現在、十菱と玖珂の力は均衡。ゆえに平和状態だ。それが崩れれば、それまで力で押さえつけていた内外の敵の勢力が結託して、玖珂を呑《の》み込もうと一斉に牙を剝く。あの娘如きに、玖珂グループが分裂したり、乗っ取られるリスクを負いたくはなかった。それは十菱も同じだと思っていたが……」

（結婚を断ることで、それを理由に攻め込まれたら……）

この可能性を慧が考えていないはずはないだろう。

「心配するな。少々手荒な方法を使っても、必ず破談にしてみせる」

慧は不敵に笑ったが、胡桃は一抹の不安を拭いきれずにいた。


慧が、十菱弥生を社長室に招いたのは、次の日だった。

弥生は淡い水色のワンピースを着て、藤沢と連れ立って現れた。

「慧様。こちらは……慧様がお好きな『松菓堂《しょうかどう》』の季節の限定品です」

弥生は嬉しそうに頬を赤く染めて土産を差し出すが、慧は冷然とそれを拒んだ。

「以前はあの場限りということで受け取りましたが、残念ながら私個人の嗜好《しこう》には合わず、申し訳ありませんがお持ち帰りを。……どうぞ、おかけください」

ふたりが困惑した顔でソファに座った瞬間、理央が煎茶を運んできた。そしてそのま ま、慧の斜め後方に控える。

「弥生さん。本日お呼びしたのは、私たちの間で持ち上がっている結婚話についてです」

すると弥生は、わずかに背筋を正しながら顔を赤らめた。

「ご了承いただき、ありがとうございます。慧様が私の旦那様になってくださるのは……私、とても嬉しいです。実は、ずっと……縁談を進めていただきたいとお父様にお願いしていましたから」

弥生は今年二十四歳。しかし見たところ二十歳でも通用しそうだ。さらに恥じらいを織り交ぜる初々しさを思えば、十代でも通用するかもしれない。

慧は目を細める。心が動かないのは今まで通りだが、どうしても彼女には、あざとさを感じてしまうのだ。それが今まで慧が、弥生を忌避していた理由のひとつでもあった。見かけだいたい、まったく相手にしない男を父親を使って捕獲しようとする女なのだ。見かけ通りのおとなしい女であるはずがない。

「そのことですが、私は了承していません。親が勝手に進めていただけです。私の意にそぐわぬ政略結婚の話を」

慧の否定に弥生は顔色を変え、藤沢の目が怒りに見開いた。

「今回お呼びしたのは、結婚を進めるためではなく、破談にしたいため。そちらの建前というものもあるでしょうから、弥生さん自らの意思で、直接十菱社長に……」

するると弥生は、ぱっちりとした愛らしい目に涙を溜《た》め、切に訴えた。

「なぜ、ですか。私、慧様に好かれるよう頑張ります。ですから、破談など……」

「私には、心から愛する女性がいます。私はその女性と添い遂げるつもりだ。だからあなたがこの政略結婚に、俺からの愛を求めているのならなおさらのこと。このお話はお断りします。俺の心にあなたが入る隙間はない。他の女性に恋い焦がれる男ではなく、弥生さんの心に寄り添える男性をお選びください。それが弥生さんの幸せのためだ」

「お嬢様に……なにを……」

藤沢の声は、驚愕《きょうがく》と憤怒に掠《かす》れていた。

「だいたいあなたには、十菱に借りがあるはずだ。誰のおかげでプロジェクトに勝てたと思っているんです」

するると慧は剣呑に目を細めた。

「ほう。私は公平に判断いただくよう、事前にプロジェクト協議会の責任者である都議に申し立てました。それゆえ、日光保安ではなくうちが選ばれたと思っていましたが、裏で十菱さんの働きかけもあったのですね。それを理由に結婚を強制されるのなら、私も自衛として別の手段に出るしかない。大ごとにしますが、それでもよろしいと？」

藤沢は言葉を詰まらせた。

「慧様」

弥生が強い意志を持った眼差しで、抵抗をみせてくる。

「私は十菱グループ社長の娘。お父様が破談の相手に、理解や温情を示すとお思いですか」

慧にとってその返答は想定内だ。やはりいけすかない女だと、ふっと笑った。

「ならば玖珂は、十菱の敵になるだけです」

覇王としてのオーラを揺らめかせて、慧は迷いのない眼差しを返した。

「だが、それだけはお互い避けたいところだ。どちらにとっても得策ではない。あなたのお父様もお困りになるはず。衝突すれば犠牲になるものが大きすぎますから。外戚となってでも、玖珂の力を手に入れたいからこそ、私との縁談を進めたのでしょうしね」

「慧様は……十菱の力が欲しくはないのですか？」

「欲しいか欲しくないかでいえば、是非欲しい。しかし犠牲を伴うものであればいりません。それより大切なものがあることを知ったので」

揺るぎない慧の決意を目にしてもなお、弥生は食い下がる。

「慧様の愛は、その方に向けられていてもいいです。しかし、妻の座は私にくださいませんか。私たちが結婚すれば、家同士も潤う。私、その方の存在を認めます。この前お会いした、入居さんですわよね。慧様が私に指一本触れなくてもいいから、破談には……」

慧は眉を顰《ひそ》めた。

「それで、あなたにはどんなメリットが？」

するると、弥生の目からぽろぽろと涙がこぼれた。

「愛して……いるんです、慧様、私も。最初に出会った時から。好きでたまらないんです。私、慧様のお嫁さんになりたい……。いつまでも待ちます。慧様が……結婚してもいいと思える日がくるまで。だから、破談にしないでください」

清楚《せいそ》なご令嬢も、慧が辟易《へきえき》する他の女たちとさして変わらない。

彼女が涙ながらに訴えるほどに、胡桃がいかに特別なのかを思い知るだけだ。

結婚を請う弥生の姿に、なにか……自分と重なる気もしたが、そこはあえてスルーし、縁とは不思議だと慧は思う。こんなに凍てついた心を持つ自分でも、心が揺れ動くオンリーワンがいるのだから。

「お嬢様、涙をお拭きください」

藤沢が困り顔で弥生を宥《なだ》めている。それを冷ややかに見つめ、慧は答えた。

「申し訳ないが、どんなことを言われても、私の心は動かない。これ以上あなたを苦しめないためにも、一刻も早く破談にさせていただきたいという意思が強まるばかりだ」

「いや……です。慧様。私、いやです……」

弥生は哀切な声をあげて、訴えた。

だが、慧の表情はさらに冷め切り、深いため息をついた。

「それでは仕方がない。こちらからご当主の方に、正式にお断りのご連絡を致します」

弥生の顔が悲しみに大きく歪《ゆが》んだ。

「お話はそれだけです。次の予定が入っていますので、これで」

「――お嬢様、帰りましょう」

青ざめている弥生を支え、藤沢が優しく声をかけていた。

「彼の噂《うわさ》は聞いているでしょう。血も涙もない、非情な覇王なんです。こんな男に、お嬢様が尽くされることはない。あなたは誰からも愛されて当然の女性だ」

そしてぎらりと慧を睨《にら》みつける。それはただの付き人を超える、〝男〟のものだ。

「お嬢様を傷つけた責任は、必ずとってもらいます。そこらへんの女のように、簡単にお嬢様をあしらえると思わないでいただきたい」

慧は目を細め、藤沢の激情を平然と受け取る。

「藤沢、藤沢いいの。いいの……。帰ります。すみません、慧様。取り乱してしまって。またこの件は、次回にでもお話しさせてください」

「話もなにも、次回はありません。それでは予定が詰まっていますので、お引き取りを」

話を切り上げて慧は立ち上がると、ドアを開けた。

すると藤沢が怒りを宿した眼差しを向けて言う。

「玖珂社長。せめて玄関までお見送りをしていただけませんか。彼女は十菱グループの社長令嬢。しかもあなたの事情でお嬢様を傷つけたのだから、それくらいは当然でしょう」

慧は頷くと、すたすたと歩いて先導した。

「お疲れ様です、慧様」

社長室に戻ってきた慧に、理央が淹《い》れ立ての珈琲《コーヒー》を差し出した。苦みのある珈琲を口に含むと、大きなため息をつく。

「――玄関で突然抱きつかれた。これが最後だからって……なんなんだよ、あの女」

「それはご愁傷様です」

「なぁ、理央。お前はどう思った？」

慧が問うと、理央は饒舌《じょうぜつ》に毒を吐いた。

「まあ、ぼろぼろと嘘《うそ》泣きがお上手でしたこと。それを見抜けないと思われていたのなら癪ですわね。それと『松菓堂』は熱海の老舗銘菓店。東京から近いとはいえ、慧様からの呼び出しを受けてすぐ、限定品を携えて時間前にやって来られる距離にはありません。つまり前日にはもう、準備をしていたのではないでしょうか」

「美紀子と繋がっている……お前もそう思うか」

「ええ。タイミングがあまりにも」

「美紀子は、弥生を傀儡《かいらい》にし、次期当主夫人として持ち得るだろう力をあてにして、結婚を推し進める気なのかもしれないな。現当主が力を失い、次期当主からは力を奪われるだけなら、その妻に力を乞う。どこまで意地汚い女だ」

当主夫人として力を持てるかどうかは、当主の意思ひとつ。美紀子が力を持ったのは、夫があまりにも無関心すぎたためだ。息子も同じ轍《てつ》を踏むと侮られているのは、癪である。

「なるほど。俺の妻に誰がなるかによって、あの女の去就も決まるわけか。必死だな」

慧は薄ら笑いを浮かべた。

「それと慧様。日頃より慧様の情報漏洩《ろうえい》元を特定するため、部署ごとに慧様に関する偽情報を流しておりますが、『松菓堂』のお菓子が出てきたということは、総務にスパイがいる可能性が高い。また、その情報が十菱に流れていたのだとすれば……」

「ああ。俺を襲ったり、かつて新製品の情報が流れたりしたのもすべて、十菱が無関係ではないのかもしれん。実際、藤沢も小早川と裏で接触していたことだしな」

「ええ。その後も小早川の動向を追っていますが、今もなお、藤沢と会っています。退職した小早川を使うメリットはないようにも思われますが」

「案外、社内に潜んでいるスパイは小早川絡みなのかもしれん。うちを辞めても、現社員と個人的な付き合いがあれば、藤沢の指示通りの指揮はとれる」

「盲点でしたわ。確かにスパイが藤沢と接触していなければ、こちらもスパイだと特定しにくいですし。では小早川の線から、総務の社員をあたってみますわ」

「ああ。もしかすると、総務だけではなく他にも手駒がいるのかもしれん。小早川に声をかけられていたというプロジェクトメンバーも、自己都合という形で実際辞めた者もいる。そのメンバーも同じことをして駒を増やしていたら、十菱の号令ひとつで、一斉に牙を剝く社員はどれほどか」

「なんていうこと！　十菱は本気で慧様を……玖珂を潰しに動いているのでしょうか。ご令嬢との結婚も、慧様が断るのを見越し、それを口実にするために……」

「考えられる。ただ、気になるのは〝あの目〟。あれは命令を受けた者の持つ目ではない」

慧は腕組みをして、眉を顰めた。

「――理央」

「……心得ましたわ、慧様。しばし秘書業はお暇をいただきます」

具体的な指示がなくとも、理央は慧の命を察していた。

「念のため、またリスさんに復帰してもらいますか？」

「いや……呼び寄せたいのは山々だが、今は下手に動いて胡桃の存在を表立たせない方がいい。瑞翔閣にいてもらった方が安全だろう。俺もこれから、いろいろと動かないといけなくなる。念のため、連絡もとらない方がいいな。どこで誰に盗聴されているかわからん。悪いが、胡桃にアレを渡してそう伝言してくれ」

「かしこまりました」

「車を出せ。まずは……父さんのところに行く」

慧は立ち上がると、再びドアに向かった。

――ワケあって慧様は、しばらくリスさんに連絡ができません。慧様を信じてお待ちくださいませ。それとこれ……慧様からです。つけていて欲しいと。

それは、クルミを抱えたリスが揺れる、銀のネックレスだ。

理央が瑞翔閣を訪れ、胡桃に慧からのプレゼントを手渡し伝言を伝えにきてから五日。

「今日は……連絡あると思う？」

胡桃はため息をつきながら、胸元のリスを握りしめた。最近では独り言が多くなった。そのため同僚たちだけではなく、入居者にも気遣われている気がするが、気づけばため息が出るのだ。

慧と最後に会ったのは、美紀子に突撃された日だ。

あの後、明日結婚を断ると言っていたが、その結果報告はない。おそらく難航しているから、会えないのだろう。

「わかってはいるけれど……」

身体に刻まれた慧の痕跡。それが実に堪えるのだ。

昨夜など、慧を求めて身体が疼《うず》き、初めて自慰をしてしまった。我に返れば、あまりにはしたない自分の行動にやりきれなくなり、虚しいやら悲しいやらで涙がこぼれ落ちた。

思った以上に慧と会えないということは、心身に支障を来している。

「いけないいわ、またため息が。幸せが逃げちゃうから、気をつけなきゃ。さあ、悩んでいても仕方がないし、休憩時間が終わる前にコンビニでスイーツでも買ってこよう」

瑞翔閣の裏手にあるコンビニに入ると、新発売のフルーツたっぷりの杏仁《あんにん》ゼリーがあった。ほくほくしてそれをカゴに入れ、レジに持っていこうとしたところ、週刊誌の見出しを目にして、手に取った。

『玖珂グループの御曹司と、十菱グループの社長令嬢、近日中にも結婚発表か』

震える手でその雑誌を開くと、そこには、セキュアウィンクルムのエントランスと思われる場所で、女性と抱擁している慧の写真があった。

「な……この相手は、弥生さんだわ」

後頭部を鈍器で殴られたような衝撃が胡桃を襲う。

(どうしてこんなことに？　慧さん……弥生さんが好きになったの？)

――俺は人に気持ちを伝えるのが下手だが、どうか……お前を愛するこの気持ちだけは、お前の心にお前の身体に……伝わるように。

「違う。これは違うわ……」

まだ五日しか経っていない。彼は簡単に心変わりするような男ではないし、言霊を大切にする男だ。それに理央だって言っていたではないか。彼を信じろと。

慧を信じよう……そう思っていた時である。ぽんと後ろから肩を叩かれたのは。

「やっぱり！　入居さんですよね、お久しぶり。小早川ですが、覚えてます？」

スーツを着た男性。確かこの男は――。

「この近くに新しい職場があり、よくここのコンビニを利用するんですよ。風の噂で、入居さんも辞められたと聞きました。あんなワンマンな社長に仕えるのは大変ですよね」

朗らかな口調を聞いていると、しこりはなにもない気がするが、笑っていない彼の目は、どこか血走っていて狂気じみている。

それを怖く思いながら、適当なところで退散しようとすると、小早川は言った。

「別に僕、取って食いませんから、警戒しないでくださいよ」

「そ、そういうわけではなく。仕事中なので……」

「あ！　この雑誌！」

胡桃の言葉を無視して小早川が取り上げたのは、胡桃が読んでいたものだった。

「やっぱりな。この前、覇王とこの女性がホテルに入っていくのを見たんですよ」

「え……」

「確か今日でしたね、覇王が結婚の会見をするのは。玖珂グループの御曹司と十菱グループのご令嬢との結婚ともなれば、結婚式も豪華でしょうね」

「ちょ、ちょっと待って。結婚会見って、それはどこからの情報ですか？」

そんなはずはない。信じてはいけない。

しかし——。

「え、藤沢さんです。十菱の社長秘書の。彼と仲がいいんですよ、僕。そうだ、これから彼と会うのですが、直接話を聞きます？」

（確かめるだけ。そしてデマを流すなって怒るだけ。それと藤沢さんと小早川さんがなんで会っているのか突き止めるだけだから……）

胡桃は泣きたい心地になりながら、リスのペンダントを握りしめ、小早川についていく。

すると、裏路地に一台のワンボックスカーが停まっていた。

「あの車です。さあ、行きましょう」

小早川に促されたが、本能が警告を発した。

（なんで……社長秘書が、ワンボックスカーで来るの？）

「どうしました、早く！」

小早川はなぜ、あのコンビニにいたのだろう。それに新しい職場が近いと言っていたが、考えてみればここ一帯は住宅街が多い。あそこのコンビニはよく利用するが、スーツを着た会社員らしき客を今までみかけたことはなかった。

（これは……罠《わな》だわ）

直感だった。目の前の小早川に警戒した胡桃が、身構えた時である。

突如後ろから回ってきた手で、鼻と口を塞がれ、甘い匂いを嗅がせられたのは。抵抗している最中に、胡桃の意識が急速に遠のいていく。

「なぜお前がここにいる。この女を〝あの方〟の元へ連れていくのは俺の仕事のはずだ！」

「この女は強いから、万が一に備えてとの〝あの方〟からの指示です」

誰だろうか。でもこの野太い声は聞いたことがある。

「あなたはこのまま、覇王が結婚会見をする後楚ホテルへ行き、藤沢さんと合流してください。俺がこの女を〝あの方〟の元へ連れて行きます」

（結婚、会見……。いやだよ……好きなのに。まだ……伝え足りないのに）

「わかったよ。じゃあ頼んだぞ。その女は覇王の枷《かせ》となる。逃がすなよ、織羽」

「了解」

……消えていく意識の中、目から涙を零した胡桃が最後に見たのは――どこかで見たことがある瓶底眼鏡と、皮肉げな笑い方だった。


剝き出しのコンクリートと格子状に組まれた鉄骨――。

胡桃が目を覚ますと、廃れた倉庫のような広い場所にいた。

目の前には電源の入っていない大きな薄型テレビと、パイプ椅子がある。

（ここ、どこ……？　わたし、なんで……）

――その女は覇王の枷となる。逃がすなよ、織羽。

記憶に残るのは、小早川の声。そして、プロジェクト副リーダーになった織羽の顔。

（まさかわたし、慧さんの枷にされるの？）

そう考え、胡桃はぶるりと身震いをする。

「いやだ。なんとかここを逃げ出さないと……」

しかし、後ろ手に縛られ柱に固定されて、身動きがとれない。

そんな中、ガラガラと扉が開かれ、薄暗い景色の中に光が差し込んだ。

光を背にして、カツンカツンとゆったりとした靴音が近づいてくる。

（この音はハイヒール。女性？）

――俺がこの女を〝あの方〟の元へ連れて行きます。

胡桃が思い浮かべた女性は……美紀子だった。

初対面で、彼女が蔑む介護士風情に喧嘩《けんか》を売られ、慧にも邪険に扱われた義母。

（まさか……。慧さんの力を削いで自分の力を取り戻すために、十菱と手を組んで小早川さんや織羽さんを使ったの？）

どうしても弥生と結婚させたい美紀子が暗躍していたのだとすれば、慧の結婚会見というのも慧の意思ではない可能性が高い。むしろそれに縋《すが》りたい。彼は心変わりしておらず、理由があって会見せざるをえない状況にあるのだと。

「お目覚めの気分はいかが？」

胡桃の前に現れたのは、美しき笑みをたたえた……弥生だった。

「え、弥生さん？」

すると弥生はパイプ椅子に座って足と腕を組むと、くつくつと喉元で笑った。

なにか、以前と印象が違う。

「お久しぶりね。もう少しで慧……あの男の結婚会見が始まる。いいタイミングで目覚めてくれてよかったわ。せっかくなら、一緒に見たいもの」

その口調は嘲りにも似た冷たさがある。

「結婚会見……。慧さんがあなたとの結婚を了承した上での会見ですか？」

「ええ、そうよ。『介護士を拉致している。こちらが用意したホテルで、十菱の社長令嬢との結婚を公に発表するのなら、介護士は無事に返す。しかし発表しないのなら、男たちに輪姦《りんかん》される介護士の動画がネットに広がることになる。猶予は三十分間』……そう藤沢に告げられたら、あの男はどちらを選ぶと思う？」

胡桃はその言葉の内容より、目の前の女性が見せる嗜虐的な表情に驚愕した。

（これは誰？　小悪魔を通り越し、悪魔のように笑う女性は）

弥生が片手を上げると、彼女が入って来た扉から、サングラスをかけた体格のよい黒服の男たちがやってきて、胡桃を取り囲む。その中には、織羽もいた。

「織羽さん、あなたまでなぜ⁉　慧さんに……社長に認められて、副リーダーにまでなったのに。逆恨みしている小早川さんはまだしも、あなたが社長を裏切るなんて……」

「たくさんお金をもらえるから。殺人は勘弁ですが、拉致ぐらいはＯＫです」

罪悪感など見せず、織羽が平然と言いのけた後、彼は口元を歪めて笑った。

弥生は、唖然《あぜん》とする胡桃を見て、愉快そうに笑う。

「入居さん。あなたに味方はいないわ。ここから逃げられない」

「弥生さん、どうしてこんなことを？　慧さんが好きなら、こんな卑怯な真似……」

「好きなわけ、ないじゃない。この私に靡《なび》かず、虫けらのように扱う冷血漢なんて」

その表情からは、強がりや負け惜しみではなく、慧を毛嫌いしているのが見てとれた。

「へ……？　でも結婚……」

「玖珂の御曹司だからよ。そうでなければあんな男など願い下げよ」

だったら、彼を慕う素振りは、すべて芝居だったというのだろうか。

あの必死さも、あの熱情も。焦がれるような恋情の対象は――肩書き？

「週刊誌にあった抱き合った写真とか、ホテルに行ったとか……」

「そんなの外堀を埋めるためよ。ホテルっていうのが意味わからないけど」

どうもホテル云々《うんぬん》は、小早川の虚言らしい。弥生が慧を嫌っていてくれたおかげで、慧の疑惑が晴れてほっとしたことは、複雑ではあったが。

(怖っ！　女って怖いわ……人間不信になりそう)

「だいたいあの男が、おとなしく私が放った男たちに拉致されていれば、その気があるふりなんてしなくてもすんだのよ。せっかくスパイからの情報を利用して、あの男がセキュリティガチガチなあの会社を出る時を見計らって襲わせたのに、元々あの男は強いし、彼に忠誠を尽くすブレーンもいるし、あなたの登場でますます拉致が困難になった。あの男は強すぎる。でも、同時にあの男の弱点でもあるから、あなたと顔見知りである小早川を使ってあなたを捕獲した。あなたの身柄さえこちらにあれば、あの男も私たちの要求に従わざるを得ない。猛獣の扱いには厳重に注意しなきゃね」

「慧さんを何者かに襲わせていたのは、あなたなんですか⁉　なぜ！」

「決まっているでしょう？　玖珂の力が欲しいからよ」

弥生は事もなげに、そう言い切った。

「十菱の力だけでは十分ではない。玖珂の力もぞんぶんに使いたいの」

悪女らしいシンプルな欲望。それは、どこまでも底なしだ。

「だけどあの男は私に会おうとすらしない。だから拉致し、男たちに輪姦された写真でも撮って手懐けようとしたけれど、それも失敗。父を利用して会食に呼び出しても、無駄。苛立っていた時、玖珂会長が亡くなった。さらにあの男が美紀子夫人の力を奪ったことで、チャンスが生まれたの」

「チャンス……」

「そう。夫人という協力者を得ることで、結婚話を進められた。さらにあなたという、あの男の弱点も見つけられた。……私とあの男が結婚すれば、私が次期当主夫人としての力を持つ。なにより私は十菱の娘。私の力をあてにして復権を目論んだ夫人は、その実現に向けて好意的に協力してくれたわ。ほら、私って、虫ひとつ殺せないようなか弱げな女じゃない？　なにがあっても首謀者と思われることはない。犠牲になるのは、目先の欲に眩《くら》んで私に利用されていることもわからずに動いた、夫人や小早川ね。小早川はおだてりゃすぐその気になるから扱いやすかったわ。おかげで、命令ひとつであの男に嚙みつく、使い捨ての裏切り者を増産できたし」

「使い捨て……」

「ええ、小早川同様ね。あ、織羽は違うわ、利口だから藤沢とともに今後も使うつもり。織羽は決して証拠を残さない。その慎重さや機転は、すぐに捨てるのは惜しいもの」

織羽がにやりと笑うと同時に、弥生は高らかに笑った。

「あの夫人なんか、私があの男を襲わせていたことも、それを夫人が仕向けたようにしていたことにも、気づいてないみたい。馬鹿な女よね、だから簡単に力を奪われるのよ」

自らの悪行を滔々《とうとう》と述べる弥生は、テンプレな悪役に酔い痴れている。

弥生は喜劇のヒロインを兼ねた三文悪役《ヒール》――心の芯を凍らせた胡桃には、そうとしか思えなかった。

世間知らずの彼女には、覇王《ヒーロー》に匹敵するほどの黒幕《ラスボス》の貫禄《かんろく》はない。

「さて、あの男はどんな決定を下すのかしら。本当にあなたを愛しているというのなら、あなたを傷つけないために、結婚発表をするしかない。それとも愛すればこそ、私との結婚をあくまで拒み、輪姦されてぼろぼろになったあなたを妻にしようとするのかしら。それを周囲が許すかしら。そんな醜聞を抱えたら、どこから攻撃されるかわからないのに。ま、私との結婚を拒絶するのなら、父にあの男を潰してもらうわ。腹立たしいもの」

胡桃は怒りに滾《たぎ》る心を落ち着かせながら、静かな口調で問うた。

「ねぇ、弥生さん。あなたが老人になられた時、お金と愛と、どちらを選びますか？」

「突然なに？　愛は金で買えるけれど、金は愛で買えない。愛は裏切るけれど、金は裏切らない。愛は人を不幸にするけれど、金は人を幸せにする。……どちらがいいかなど、考えるまでもないわ」

胡桃は哀れんだ目を向けた。

「恵まれた環境にいて、そうとしか思えないあなたが可哀想だわ」

頭の中に、慧の祖父の遺言が蘇《よみがえ》る。

『慧よ、玖珂を頼むぞ。胡桃さん、ワシの可愛い孫を守ってくれ』

「玖珂も十菱も同じく、先人が必死になって作り上げたひとつの家。それを築き守ろうとしてきた者たちがいる。あなたは美紀子夫人を愚かしいと言ったけれど、わたしから見れば同じ穴の狢《むじな》です」

「な……！」

「あなたは、大切なお金を稼ぐために、汗水を垂らして働いたことがありますか？　雇用者としてでも経営者としてでもいい。仕事に頭を悩ませ、時に人生の先輩である方々に、助言を求めたことがありますか？」

「なにを……」

突然の指摘に狼狽《ろうばい》するところを見ると、予想通り、ないようだ。

「あなたはただ、誰かに寄生し、恵んでもらうのを待っているだけ！」

語気を荒げた胡桃に、弥生は目を吊《つ》り上げた。

「してもらって当然、恵まれるのが当然と考えているあなたに、愛など理解できるはずがない。それなのにわざわざ十菱のご実家を巻き込んで、よりによって覇王に喧嘩を売った」

胡桃は薄く笑った。

「知りませんよ。彼がどんな報復措置をとっても」

「あなた自分の立場がわかっていないの⁉　いいのよ、今すぐあなたを輪姦させても！」

胡桃の目に、なにかが過る。

「手だけ拘束されて立ったまま輪姦って難しいと思いますよ。わたし、自由な足で彼らの股間を容赦なく蹴り上げますから。よくて再起不能、最悪もげてしまうかも」

途端、取り囲んでいる男たちに、妙な緊張感が走る。

「いっそのこと、この体勢をやめて、彼ら全員でわたしを床に押さえつけたらどうですか？　よりよい輪姦撮影のために」

「その手には乗らないわ！　拘束を解いた途端、あなたが暴れるじゃない」

ヒステリックに弥生が憤慨する。

胡桃は内心、舌打ちした。策は読まれていたようだ。

「そもそも、なんであなたが輪姦撮影の提案をしてくるのよ。危機感ないの⁉　もっとダメージ受けて怯《おび》えなさいよ。震え上がりなさいよ」

地団駄を踏む弥生は、やはり小物に思えた。

「計画変更しようかしら。この女が泣いて命乞いをするようなことは……それとも殺した方がいいかしら。でもそうしたら切り札が……やっぱり生かしておいた方が……」

弥生が独りごちる中、織羽のスマホが鳴った。応答した彼は、弥生に声をかけた。

「……お嬢様。藤沢さんからです。玖珂慧が今から中継で、予定通り会見を開くと」

慧の決断は、つまり――。

「あははは、残念だったわね。彼はあなたとの愛を貫くことではなく、私と結婚することを選んだ。わかる？　あなたは彼に捨てられたのよ。テレビをつけて！」

狂喜する弥生に急かされ、織羽がテレビをつけてチャンネルを替えると、画面の中では、強張った顔をした慧が席に座ったところだった。

胡桃は唇を嚙みしめた。彼は胡桃を守るため、胡桃に誓った結婚の言葉を撤回するのだ。彼にとって、どれだけ屈辱なことだろう。

胡桃は会見を見たくなくて俯いた。耳を塞ぎたかったが、手は使えない。

（わたしの両手は……腕輪がとれて、自由になったはずなのに）

しかし胡桃の顔は、織羽に顎を摑まれて持ち上げられ、同時にぐいと手が引っ張られた。

胡桃が思わず目を細めた瞬間、織羽が小さくこう言った。

「私のフルネームは？」

突然なんなのか。それでも胡桃は反射的に記憶を辿《たど》る。

確か最初のプロジェクト会議で、慧が彼を副リーダーに抜擢《ばってき》した時――。

――新たな副リーダーは、織羽加須也。

「それを反対から読むと？」

テレビではフラッシュが瞬いている。その中で、慧が重々しく口を開く。

『私、玖珂慧は――入居胡桃さんと結婚することを、ここに発表させていただきます』

……彼がなにを言ったのか、理解できなかった。

それは弥生も同じだったようで、彼女は瞬きを繰り返している。

『またこの場をお借りして、お話ししたいことがあります。十菱グループの社長令嬢を、私の婚約者の拉致監禁及び殺人未遂で告訴することにしました。それ以外にも……』

会見は続いているが、弥生がわめくため、続きが聞こえない。

「なに、これ！　あの男を監視している藤沢に電話、電話を……」

「それは無理です。お嬢様の手足となって動いていた彼は今頃、冷たい部屋の中で転がっていますから。ちなみに小早川さんもですが」

そう言ったのは、胡桃のそばに立ったままの織羽だ。

「どうして⁉　だったら、お父様の力を……」

「それも無理ですね。今頃お父様は、覇王の監視下です」

「な、お父様はそんな簡単には……」

「覇王の力の方が上だったということです。そしてお父様は、ここであなたが告白した愚行をご覧になっています」

「は……？」

「今頃、覇王から選択肢を突きつけられていることでしょう。十菱を守るために娘を切り捨てるか、娘を守るために十菱を切り捨てるか」

そして織羽は、胡桃のネックレスを指で引き出すと、銀のリスを揺らした。

「実はこの可愛いリスさん……『セキュアウィンクルム』の試作品で、遠隔操作ができる盗聴器なんです。この倉庫での会話は、十菱グループの社長夫妻、玖珂グループ社長夫妻に流れております。ちなみにカメラにもなるので、ここでの映像も送信済です」

「な、なにを言っているの、お前！」

「わかりやすくネタバレ解説をしているのですがねぇ。それと私のタイピン、リスさんと同じ特殊な金属素材でできたGPSでして。さきほど、合図の電話もいただきましたので、もうそろそろ到着する頃かと思います。我が覇王が」

「わ、我が覇王？　あ、あああああ、あんた誰よ！」

織羽が瓶底眼鏡を取るより早く、胡桃が言った。

「拘束を解いてくださり、ありがとうございます。……泰川さん」

笑顔の胡桃は、自由になった両手の骨をボキボキと鳴らした。

「ふふ、この姿では初めましてと言った方がよろしいかしら。リスさん」

オリワカスヤ。逆さから読むと、ヤスカワリオ。

「泰川さん。男装のときに、その女声はやめた方が……」

織羽を見ていた時、妙な既視感を抱いたのは……どこか理央に繋がる表情があったからだ。いつも忙しく動き回っていた彼女。しかし理央が具体的にどこでなにをしていたか、胡桃は聞いたことがない。慧は、理央が別の名で仕事をしていたことを知っていたのだろうか。それとも理央の隠密行動なのだろうか。

「お嬢様、もしここで観念し、父親や十菱を助けて欲しいと土下座して懇願するのなら、もしかすると覇王も、わずかな慈悲を向けるかもしれませんよ」

「どうして私が、そんなことをしないといけないの⁉　古き世代は、新たな世代のために消えていくのが宿命よ！　私がそこまでして、親を助ける意味がわからないわ」

(悲しい。すごく悲しいね……そういう考え方は)

「覇王には嘘の涙を見せられても、親のためには涙ひとつ流さないのですね。では仕方がない、お嬢様。逃げられる時間はありません。お縄につきましょうか」

理央が胡桃の手を縛っていた細い縄をぴんと張る。すると、弥生を守ろうと黒服が一堂に集まった。

「あの男はホテルで会見中よ。私には十分逃げ切れる時間がある。会見している都心のホテルとこの倉庫とは、かなり離れているのよ。瞬間移動でもしない限りは……」

「そんな距離、俺はものともしない」

突如割り込んできたその声に、誰もが倉庫内の上方――二階の踊り場を見た。

そこに立っていたのは、威圧感が凄まじい長身の男。

男は手すりをひらりと乗り越えて飛び降り、床に着地した。

「慧さん！」

「なんでここにいるの⁉」

胡桃の歓声と同時に、弥生の悲鳴があがる。

胡桃が走っていくと、慧も駆け寄り、ふたりは強く抱きしめ合った。

「胡桃、怪我はないか？」

「ないです、大丈夫です。でもなんでここに……今、会見中では」

テレビには、いまだ慧が映っている。

「あれはフェイク。先に撮っておいた映像を流しているだけだ。……ああ、早くこうして抱きしめたかった。あの女に吐かせるためとはいえ、つらい思いをさせて悪かった」

（慧さんは……そばにいてくれたんだ。泰川さんといい、ずっとそばで……）

胡桃はぽろぽろと涙を流しながら笑う。

「いいんです。慧さんがいてくれた……それだけでわたし、嬉しい」

慧は愛おしむ目を胡桃に向けた後、弥生に振り返る。

その目には、それまで浮かんでいた温かさが一切払拭されていた。

「俺は女の嘘泣きには慣れている。冷め切った〝あんな目〟を見れば、腹に一物抱えていることは一目瞭然。それと、お前への恋情を利用されていた腹心、藤沢は堕ちた。野心を利用された小早川も、小早川に唆された総務にいる奴の女も。我が社におけるスパイは全員、把握済みだ。俺を襲ったことや、週刊誌に写真を撮らせたことも、情報を流失させてうちの会社や俺を潰そうとしたことも、証拠はすべて揃っている」

「な……」

「わかるか、世間知らずなお嬢様。今まで玖珂と十菱が均衡を保てていたのは、互いの領域に手出しをしないという暗黙のルールがあったからだ。それをお前が崩した。お前がしたことは、玖珂が十菱に攻め入る口実を俺に与えたことだ」

「そ、そんな……」

「それとも、お前が父親のために取りすがったら、少しは違う未来があったかもしれない。……つくづく、愚かで哀れだな」

そういうと慧は片手を上げて、パチッと指を鳴らす。

すると先ほど慧が立っていた二階の踊り場に、三人の人影が現れた。

黒服の男に腕を掴まれた……恰幅《かっぷく》のいい男性と、泣き崩れている女性だ。

（あの男性……）

「お父様⁉　お母様⁉」

十菱社長夫妻だった。織羽たる理央のおかげで、胡桃がどこに拉致されるのか事前に知っていた上で、慧は夫妻を監視下においた。そして夫妻は娘から、罪の告白だけではなく、野心に親を利用した挙げ句、簡単に切り捨てるつもりだったことも知らされたのだ。

「ち、違うの、私は、私は――！」

かつてないほど、弥生は狼狽する。しかしすべては露見した後だ、もう遅い。

「――俺を出し抜けると思ったか？」

慧がくつくつと笑うが、その眼差しはぞっとするほど冷淡だ。

「お前は俺を怒らせた。……覚悟するんだな」

ぶわりと広がる覇王のオーラが、烈火の如き激情を揺らめかせて弥生を威嚇し、圧倒的な格の違いを見せつける。

ガタガタと震えながらも、弥生は屈服しなかった。

「こちらは多勢、数で押し切れる！　お前たち、あの三人を片づけて！　成功すれば、望むものはすべてあげるわ」

黒服たちを犠牲にして、親を見殺しにしても、ひとり逃げる気なのだろう。

そんなこと、叶うはずがないのに。

（……ああ、やはり最後は、お決まりの台詞を言っちゃうんだね……）

俄然《がぜん》いきり立つ黒服たち。胡桃はすっと慧の前に立つ。しかし今度は慧が、胡桃の前に出る。

「……慧さん。なんでそこ、競ってくるんですか？」

「俺がお前を守りたいからだ。なんのために俺がいる」

「あなた御曹司なんですよ。守るのはわたしの役目です」

言い争いを始めるふたりに、理央がぷっと噴いた。

「だったら、隣に並んだらいかがです？　前みたいに」

それを聞いてふたりは素直に隣り合う。かつてふたりを繋いだ腕輪はないが、ふたりの心を繋ぐものは今もある。

好戦的に目を光らせ、胡桃はぱんぱんと拳を手のひらで叩く。そして、構えた。

「――いざ、尋常に……勝負！」

胡桃は助走をつけると、高く跳ね上がった。

「ったく、脳筋リスめ。俺の見せ場、とっておけよ」

慧は苦笑しながら、黒服たちとの間合いを一気に詰めた。


『お嬢さんがしでかしたことをよくよく考え、それでも玖珂と十菱との縁談を進めるというのなら、このフェイク映像及びお嬢さんがしたことを全てマスコミに流します。その上で俺は……玖珂の全勢力を持って、十菱と戦います』

慧が揺るぎなき意思を見せて、そう十菱社長に宣戦布告をすると、彼は婚約を破談にする上で……玖珂への援助を惜しまぬという念書を書いたらしい。

親ですら完全に把握しきれていなかった娘の野心のために、十菱は速やかに玖珂の軍門に下ることになったのである。

弥生はすべての権限を取り上げられ、親子の縁まで切られたそうだ。しかし手切れ金代わりに、山の中にあるどこかの別荘だけは与えられ、そこで藤沢と住んでいるのだとか。

金と力に執着した彼女が、この先質素極まりない生活を送れるのかどうかは、謎である。

……そして美紀子も慧により、すべての道を絶たれた。

今、夫である玖珂当主と、慧と胡桃のいる目の前で、観念して項垂れている。

その姿には以前のような毒々しいほどの生彩はなく、一気に老け込んでしまったように胡桃には思えた。

「離縁、したいと？」

胡桃が初めて見る当主は、慧をもっと柔らかくした感じだ。慧のような男性的な強さも威圧感もない代わりに、亡き老人にも似て場を和らげる優しい雰囲気がある。

「ええ。おわかりでしょう。私は……慧さんの逆鱗《げきりん》に触れました。もう私にはなにもない」

胡桃は目を細めた。利がなくなれば離婚して終わりという考えはあまりにも身勝手ではないか。たとえ仮面家族だったとしても、今日に至るまでの情的な未練は、なにもないのだろうか。

（確かに最低な義母だけれど……）

頭の中にひょうきんな老人が思い出される。

彼は美紀子がどんな女かわかっていたはずだ。だが、玖珂を蝕《むしば》むとわかっていても縁は切らず、己がこの家を出て行くことで、なにかを守ろうとしていた。それは――。

（家族の……絆？）

本家はとても広く、豪華な調度品に溢《あふ》れている。しかし漂う空気は、冷え冷えとしている。ひとの温もりが感じられない家は、孤独感を過剰に植えつける。独房にいるかの如く。

「ご夫人には、実家のご家族はいらっしゃるんですか？」

胡桃からの唐突な質問に、少々面食らいながら彼女は言った。

「実家の家族なら……いないも同然よ」

新たに作った家族からも愛を得られないから、金に走ったのだとすれば――。

「あなたもこの家で、寂しかったのではないですか？　寂しさに負けないために、力に固執なされた……」

美紀子の瞳の奥には、なにかを訴えている……揺らめくものがあった。それは傲慢なものではなく、消えいる寸前の蠟燭《ろうそく》の炎のような頼りなげなものだ。

「ひとりぼっちがどれだけつらいかは、わたしにもわかるつもりです。だからといって、あなたがしてきたことに共感はしませんが、わたしも天涯孤独の身、生きるためには自分が強くならないといけませんでした。でも……時折、無性に寂しくなるんです。誰かにそばにいてほしくなる。なにもしなくてもいいから、ただ寄り添ってくれる誰かが。……夫人はその誰かの役目を、力や金に求めたのではないですか？」

「……知った顔をしないでくれない？　私は、寂しくなんてなかったわ」

そう言い捨てた美紀子の目から、涙がこぼれ落ちた。

「私は元から……ひとりだったんだもの」

微かに震えるその声は、家族に会いたがっていた老人を彷彿《ほうふつ》とさせた。

「行く場所がなかったら……いい場所があるんです。ひとりでもいられるし、皆と騒ぐこともできる。具合が悪くなってもすぐにお医者さんが来てくれるし、外出も可能。入っているレストランだってシェフは一流です。お部屋も綺麗《きれい》で豪華なんですよ」

「まさか、あなた……瑞翔閣に入れと？」

「そのまさか、です。老人ホームですが、瑞翔閣では夫人くらいの年代の方もいらっしゃるし、様々な分野に秀でた著名な方もいて、話題も尽きないと思います」

「な……」

「そこで、ご自分を見つめ直してみませんか。あなたが煙たがるご老人もいる場所で。皆さん、瑞翔閣に来てよかったと喜んで下さるんです。誠意あるスタッフばかりですし」

美紀子は唇を震わせる。

「縁を切ったつもりでも縁はある。縁がないと思っていたところに実は縁があるのかもしれない。おじいちゃんも気に入ってくださっていた素敵な瑞翔閣に、夫人もいかがですか？　とてもアットホームですよ」

「それは私もいいのかね？」

それは突然の当主の言葉だった。胡桃は驚きながら頷く。

「今さらだろうが……美紀子に寂しい想いをさせたのは、私のせいでもある。この年になり、父を思い出すと、なぜ父がついのすみかに瑞翔閣を選んだのか気になってね」

「体験入居もできますので、そこから奥様と始められてもいいのではないでしょうか」

「どうかな、美紀子。今は離婚を保留にして、今後のことを瑞翔閣で話してみるのは」

「考えさせて……もらうわ」

胡桃には、愛人を作り続けた当主が、なぜ老後を妻と過ごそうとしているのかは、わからなかった。しかし美紀子がわずかに笑みを浮かべたのを見ると、二十数年も冷え切っていた関係の中で、わずかなりとも情は生まれていたのかもしれない。

ちらりと慧を見ると、複雑そうな顔をしているが、反対はしないようだ。

なにも家族は〝家〟に集まるものではない。家族が〝家〟を作るのだ。

なにかが消えても、なにかが生まれる。そうやって人の縁は繋がっていくのだろう。

（おじいちゃんも、そう思うよね……）

「胡桃さん。慧から結婚の意志を聞いている。きみは介護の仕事を辞めるつもりか？」

結婚の許しを得る前に現実的な問題を突きつけられ、胡桃は顔を強張らせた。

たとえ、天職だと思っていたやりがいのある仕事でも、次期当主夫人になったら続けるわけにはいかない。それを覚悟して、胡桃は慧のプロポーズを受け入れたのだ。

それくらい慧に真剣に恋をして、彼との未来を望んでしまったから――。

胡桃はその決意を口にしようとしたが、それより早く、慧がきっぱりと言い切った。

「続けさせるつもりです。有能な介護士を引退させては、多くの老人に恨まれますから」

胡桃が驚いて慧を見つめると、慧は優しく笑っている。

「……続けろよ、胡桃。じいさんもきっと、それを望む。共働きは珍しくない時代だ。先例をそのまま踏襲するのではなく、時代の流れに沿って形を変えて受け継いでこそ、玖珂の発展に繋がる。なにより社員からの共感が得られれば、それだけ志気が高まるんだ」

（ああ、わたしは……なんと包容力がある素敵な人を好きになったんだろう）

「ありがとう。介護の仕事を認めてくれて、本当にありがとう。慧さん……」

胡桃が目を潤ませると、慧は胡桃の頬を撫でた。それを見ていた当主は微笑する。

「お前には、玖珂のためになにをすべきなのかわかっているんだな。変えるべきもの、守るべきもの――私はそれがわからず、ただやみくもに反発して父を失望させた。しかしお前ならきっと、父の遺志を受け継ぐことができる」

「父さん……」

「期待しよう、これからの玖珂に。そしてお前が選んだ胡桃さんが持つ力を。慧、お前に頼まれたもの、これでいいな。……私がお前にできることがあったのは、嬉しい限りだ」

当主がテーブルに置いたのは、一枚の紙。それは胡桃も署名した、あの婚姻届だ。

空欄だった証人の欄に、当主の名前が入っている。

玖珂当主は、胡桃の存在を認めたのだ。美紀子は面白くなさそうではあるが。

「胡桃さん。このたびは巻き込んで申し訳なかった。これに懲りず、慧を……末永く、愛してやってください。私の大事な息子なので」

慧の身体がびくっと震えたのがわかった。

大事な息子……そう言われたことに、思わず反応したのだろう。

少しずつ、変わっていけばいいと思う。それができる時間は、まだたっぷりとある。

「こちらこそ、よろしくお願いします」

胡桃は深々と頭を下げた後、慧とお互いに嬉々とした表情を見せあった。


「――解せない。冷え切っていたんだ、俺の家は。父さんが政略結婚した美紀子を省みることも、その逆もありえない。今回だってさっさと離婚すると思いきや、なぜ父さんは引き留めて、瑞翔閣での同居に興味を示すんだ？　今だって別居したままなのに」

浴槽に浸かりながら、慧はずっとため息をついている。

慧のマンションでは、一緒に風呂に入るのが普通になってしまった。

腕輪をつけていた時のような不自由さはないけれど、こうして後ろから抱かれて座ることはなかっただけに、以前よりもゆったりとした心地になっている。

「きっとそれがわかるのは、ご両親ぐらいの年齢になってからなのかもしれませんよ。わたしたちはまだまだ、男女の機微がわからないひよっこなのかもです」

「釈然としないな。そんなに瑞翔閣って特殊なのか？」

「さあ……ちょっと高級サービスがある、普通の老人ホームだと思いますが」

「だったら、人情味溢れる介護士がいるからか？」

慧が胡桃を横抱きにして、艶めいた顔で囁《ささや》く。

「さあ……どこにでもいる、普通の介護士だと思いますが」

胡桃が慧の首に手を回すと、唇が重なった。

しっとりと吸いついてくる慧の唇に、胡桃の身体がきゅうんと音をたてる。

「なにが普通だ。お前は特別な女なんだって、何度言わせる」

笑い合いながらまた唇が重なった。角度を変えて何度も触れあうだけのキスは、やがて慧のやるせない吐息を合図に、舌が絡み合う濃厚なものとなった。

ちゅくちゅくと音をたてて、ふたりはひとつの波に揺蕩《たゆた》う。

やがて唇が離れると、慧の目はとろりと蕩《とろ》け、胡桃の首に吸いついた。

胡桃の胸を弄り、緩急つけて揉《も》み込む。

「ん……」

のぼせそうになるのは湯のせいか、それとも慧の愛撫《あいぶ》のせいなのか。

反響する己の喘《あえ》ぎ声にも煽《あお》られ、過剰すぎるくらいにびくびくと感じてしまう。

「胡桃……上がるぞ。ゆっくり愛すには、ここは狭すぎるから」

熱い囁き声にぞくりとしながら、期待に秘処が濡《ぬ》れてしまう。

身体を拭くのもそこそこに、慧にキスをされたまま抱きかかえられて寝室に移動する。

寝室では青白い月が顔を見せ、広いベッドを冴《さ》え冴《ざ》えと照らし出していた。

ベッドの上で座る胡桃は、背後から伸びた手で両胸をゆっくり揉み込まれた。耳をねっとりと舐《な》められ、頼りなげな声をあげると、楽器を弾いているみたいに胸の頂を複数の指で弄られる。ひっぱられ潰され、捏《こ》ねられ……そのたびに胡桃は声をあげた。

「は、う……んっ」

その時慧が、枕元に置いてあるリモコンを押すと、部屋が明るくなった。

目の前にある大きな窓に、あられもない自分の姿が映る。

「恥ずか、しい……っ」

「どうして？　窓に映るお前は、恥ずかしがっているか？」

胸を愛撫された胡桃は、うっとりと気持ちよさそうな顔をしていた。

「どうだ？」

「気持ち、よさそう……」

「だろう？　そういう顔を見ていると、もっと気持ちよくさせたくなってくる」

慧は両足を絡めて胡桃の足を大きく開かせた。窓ガラスに映るはしたない自分。黒い茂みにゆっくりと慧の片手が降りてきた。花弁を割って奥へと滑り込む指が、花園の上で円を描く。

胸と股間で別々に動く慧の手。その動きが、淫猥《いんわい》すぎて眩暈《めまい》がする。

「やっ、あっ、駄、目……それ駄目ぇ！」

「お前の顔は、駄目だって言っているか？」

耳朶《じだ》を甘噛《あまが》みされながら、囁かれる。

胡桃がおもむろに視線を向けると、窓の中にいる自分は、言葉とは裏腹に、上気した顔でもっとして欲しいとせがんでいる。

「蜜がすごいぞ。聞こえるか、お前のいやらしい音」

くちくちと粘着質の音がして、胡桃はぶるりと身震いをした。

「中はもっとすごいな」

蜜口からゆっくりと、慧の長い指が吸い込まれていく。

（ああ、わたしの中に消えていく……。恥ずかしいのに、窓から目が離せない）

中が悦び、ひくひくと収縮しているのがわかる。花園から、慧の指が引き抜かれ、そしてまた奥へと消えていく。繰り返されるほど自分の顔は恍惚《こうこつ》に満ち、見ているだけで身体が熱くなって興奮してしまう。やがて差し込まれる指は二本、三本と増え、窓に見える指の動きに合わせるように、胡桃は自然と腰を動かした。

「いやらしい腰の動きだ。どこで覚えた？」

艶っぽい声で囁くのは確信犯だ。羞恥と興奮にぞくぞくしてくる。

「慧……が……」

「ああ、そうだ。俺が教えたんだな」

慧は胡桃を四つん這《ば》いにさせると、背後から避妊具をつけた剛直を蜜壷《みつつぼ》に捻り込んだ。

「あ……く、ぅ……」

ごりごりとした先端が隘路《あいろ》を擦り上げる感触に、全身の肌がざわざわと粟立つ。

腹の中が質量ある異物に蹂躙《じゅうりん》されて呻《うめ》いてしまうが、みっちりと深層まで埋め込まれたそれが緩やかに動くにつれて、甘さを強めた声が止まらなくなる。

「あっ、んっ、は、んっ」

窓に映る胡桃はシーツを鷲摑《わしづか》んで快感に耐えながら、卑猥に持ち上げた尻を振っていた。

その尻を両手で抱え、腰を打ちつけている慧の身体はどこまでも精悍《せいかん》だ。この魅惑的な男に動物的な交尾をされているのだと思うと、興奮に秘処がきゅんきゅんと収縮してしまう。熱い剛直を締めつけ、はしたない蜜をたくさん垂らしているのがわかる。

「こ、ら……っ、突然……そんなに、搾り……取ろうと、するな」

上擦ったような声を出した慧は、腰を回して深く奥まで突いてきた。

貫かれる角度が変わったことで快楽の緩急がつき、胡桃は簡単に翻弄されてしまう。

腕で上体を支えきれず、シーツに顔を擦りつけながら、幾度も襲いかかる快感の波に声を上げた。

「慧、気持ちいい……奥、そのずんずん……が、いい、の！」

「……ここだろう？　俺のを……絞り取ろうと、締めつけてくる。ああ、避妊具をつけずにお前の奥に放ったら、たまらないだろうな……」

慧は胡桃の背中に身体を滑らせるようにして、後ろから抱きつくと、胡桃の腹を撫でる。

「いつか……俺の子を孕《はら》めよ。たくさん、注いでやるから」

耳元で囁かれる艶っぽい声にぶるっと震えると、慧に顔をねじ曲げられ、唇を奪われた。揺さぶられる中、突き出した舌を絡ませ吸い合う。

汗ばんだ肌を密着させ、どこまでも慧に包まれたまま、深層を穿《うが》たれる愉悦。本能も理性も慧が愛おしいと叫んだまま、暴力的に引きずり込む官能の渦に、囚われていく。

「ああ、慧っ、わたし、イッちゃう、ひとりは、いや……」

彼と一緒にいたい。離れたくない――。

「俺はここにいるだろう？　胡桃……お前のそばに俺はいるから。一生」

慧は胡桃の耳を舐めながら、背後から胡桃を抱き上げるようにして、そのまま座位にした。

剛直の角度がまた変わり、下から大きく貫いてくる。硬い先端がごりごりと奥まで擦り上げてきて、あまりの刺激の強さに胡桃は身体を戦慄かせた。

「あ、やっ、お腹が破れちゃう、それ駄目、奥……そのごりごり、駄目！」

髪を振り乱しながら、悲鳴じみた声で啼《な》く胡桃は、窓の中の慧が、愛おしげに微笑んで見つめているのに気づく。

「いいぞ。俺ので……思うぞんぶん乱れろ」

頬を彼女の頬にすり寄せると、胡桃の足を両手でさらに大きく開いた。生き物みたいに剛直が出入りしている淫猥な結合部分が丸出しになる。窓の中の胡桃は、痴態をさらしているというのに幸せそうで、それがまた胡桃の官能に火を付けていく。

「胡桃、あ……胡桃っ」

急いたように喘ぐ慧が愛おしい。どうしようもなく、もっと深く繋がりたくなる。すべての感覚をひとつにしたくなる。

そんな胡桃の切迫感に同調したように、突き上げは速く獰猛《どうもう》になった。奥を突かれるたびに脳が甘く痺《しび》れ、肌が粟立《あわだ》ってくる。

止めることができないこの快感は、恋の激情にも似ていた。

「好き……慧、好き……っ」

男の艶を漂わせる彼に愛を告げると、舌を搦《から》めとられる。

慧の熱と匂いにおかしくなりそうだ。

「胡桃……ああ、お前の中……うねってる。身体で俺を好きだって言ってる……」

上擦った声に呼応するように、擦り上げる灼熱《しゃくねつ》の杭《くい》もぐぐっと質量を増した。

「うん、好き。慧……わたしの……旦那さま……」

そう口走ると、慧の動きが果ての近い切羽詰まったものに変わる。

「……馬鹿、もっと可愛がりたかったのに」

「ああ、来て。慧……奥に、来てぇ！」

煽られた慧の動きは荒々しく、結合部分からは攪拌《かくはん》された白い泡が見える。

それがふたりの濃厚な愛の証だと思うと嬉しくて、胡桃は一段と乱れた。

「あぁっ、気持ち、いい。慧、いいのっ」

高みに上がる胡桃に負けぬよう、歯を食いしばり慧が律動をさらに深くする。

「ああ、あああっ、イク、イッちゃ……」

その瞬間、ふたりは両手の指を絡ませ合い、しっかりと手を繋ぐ。

逃げ場なく、膨れあがった快感が弾け飛んだのは同じ瞬間だった。

「胡桃……っ、俺を……受け止めろ！」

胡桃が絶頂を迎えたのと同時に、慧の苦しげな声とともに、薄い膜越しに白濁が注がれた。その熱を、胡桃はうっとりとした心地で甘受していた。

やがて――ふたりは蕩けた顔で見つめ合うと、長いキスをしてベッドに転がる。

わずかな沈黙のあと、憂いを帯びた眼差しで、慧がぽつりと言った。

「……胡桃、俺を殴れ。俺はお前を囮にして、十菱の娘の本性を引き出そうとした。理央とともにそばで控えていたとはいえ、お前を利用し怖い目に遭わせた責めは負うべきだ」

「慧さんは自分にも厳しいですねぇ。……わかりました。では、目を瞑ってください」

いきますよ――そう言った胡桃は、慧の頬にキスをした。驚いた慧が目を開く。

「怖かったのは身の危険ではなく、わたしが慧さんの枷になることでした。わたしね、ずっと泰川さんのように慧さんの力になりたかった。だから、役にたてたのなら嬉しい」

破顔すると慧に強く抱きしめられ、「どこまで惚れさせる気だ、馬鹿」と囁かれた。

「それはそうと、慧さんは織羽さんの正体を最初から知っていたんですか？」

「……まあな。皮肉めいた笑い方がそうだし、名前をみれば一目瞭然だ。きっかけは社内の情報収集のためだったのかもしれないが、織羽でいる時は、本当に楽しそうに真剣に仕事をしていたんだ。性別を違えて俺に仕えている理央なりの、素に戻れる貴重な時間なのかもしれないと、今まで特に言及もせず、あいつの好きにさせていた」

「……プロジェクトメンバーに選び、副リーダーに抜擢したのは……」

「織羽加須也としての正当な評価だ。いずれはチャンスを与えたかったからな」

「ふふ、泰川さんは、慧さん自身にとっても、セキュアウィンクルムの社員としても、とてもとても大切な存在なんですね」

慧は照れたように笑い、しっかりと頷いた。

「本家に閉じこもっていた俺の手を引き、外に連れ出してくれた奴だからな。俺もあいつの手を引いて、あいつが望む世界に連れていってやりたい」

「ふふ、できますよ。慧さんなら」

恋愛感情でなくとも、慧と理央には、主従や友情、家族愛を超えた絆がある。

一度は嫉妬してしまったが、今では素直に嬉しいと胡桃は思う。

「あ、それと……お風呂の時に外してしまったけど、リスとクルミの可愛いネックレスもありがとうございました。あれがあるから、五日間乗り切れたんです。あれ、おじいちゃんの腕輪の金属ですか？」

「ああ。少しずつ、扱いに慣れてきてな。じいさんは、いいものを残してくれたよ。遠隔操作ができる金属など。おかげで、お前が俺を求めてイク……可愛い声も聞けたし」

にやりと慧が笑い、胡桃の顔から笑みが消える。

「俺への切ない恋心だけではなく、自慰をする声まで聞かせてくれるとはな。お前、サービス精神ありすぎだ。おかげで俺はまた、悶々《もんもん》とした夜を過ごすことになったんだぞ」

額を小突かれたが、胡桃の顔は蒼白《そうはく》である。

「な、なな、なななな……」

「なぜ知っているかって？　理央が言っていただろう、あのリスのネックレスは盗聴器だって。おまけに高性能だからよく聞こえて来たよ、お前の啼き声」

「い……やああああああ！」

「これからはひとりでさせないぞ。俺がそばにいるんだから。お前を愛するのはお前の指ではなく……この俺だ」

艶然と笑う慧は、涙目の胡桃を抱きしめると、キスを深めていった。


胡桃が眠りについたのは、慧が三度抱いた後。まだまだ物足りずにいるのに、無防備な寝顔を見ていると、置いてきぼりを食らわせられた不満よりも、愛おしさがまさった。

「これからメインの登場だったのに、熟睡するなよ……」

文句を言いながら胡桃を胸に掻《か》き抱くと、胡桃が鼻を鳴らして頬をすり寄せてきた。慧はふっと笑うと、その頬に己の頬を摺《す》り合わせ、熱い吐息をつく。

「最初は、なんだこの生意気な女……と思っていたのに。完全に……お前に囚われたな」

繋いでいるつもりで、しっかりと繋がれてしまった。

彼女の虜囚と成り果てたのに、敗北感よりも充足感の方が胸に強く広がっていた。

だが、囚われてもまだ、恋い焦がれる気持ちは残っている。むしろそれが、日増しに大きくなっている気すらしてくる。

「俺はきっと……生涯お前に餓え、求め続けるのだろう。そうやってずっと、俺を囚え続けてくれ。俺も全力で、お前を人生ごと囚えるから」

慧は、愛おしげに目元を和らげた。

「目覚めたら、正式なプロポーズを受けろよ。ちゃんとお前の薬指にはめる愛枷は用意している」

胡桃ならきっと高価な指輪よりも、彼女が慕った祖父の遺物で出来た指輪の方が喜ぶはずだ。そう思い、離れていた二ヶ月の間に作っていたと知ったら、彼女は重いと引くだろうか。

「……諦めろ。そんな男と、永遠に繋がってしまったんだと」

慧はくつくつと笑う。

GPSつきだということは、黙っておいた方がいいだろう。慧が胡桃を守っている限り、出番はないはずだから。

「胡桃と子供がいる家族、か。なんだろうな、想像するだけで泣きたい心地になってくる」

心にじんわりと熱を灯す、切なくなるほどの憧憬――。

それは昔、彼が己の心を守るため、無縁だと切り捨てた感傷《もの》だ。

強くなったはずなのに、満たされなかった心。

それがなぜだったのか、今だったら理由がわかる。

救済《セキュリティ》とは弱さを補うものではなく、愛で満たしてやることなのだろう。

孤独な寂しさに喘ぐ子供に、温かな光を注ぐが如く。

それを教えてくれたのは、最愛の守人《もりびと》だ。

……子供の頃から求めていた愛は、今、ここにある。

「ありがとう、俺に温もりをくれて。ありがとう、俺に出会ってくれて。俺は……幸せだ。幸せなんだ……」

慧の目から、一筋の涙が頬を伝い落ちる。

「愛してる――。この命、尽きるまで」

胡桃の唇に永遠の誓いを刻むと、慧は嬉しそうに微笑んだ。

愛に餓えし孤高の覇王は、今宵もまた、幸せな愛に囚われる。

枷が繋いだ温かい未来に、思いを馳《は》せながら――。

番外編　愛を知った我が主は

理央は、慧の祖父――玖珂泰三の義弟を祖父にして生まれて来た。

養子である祖父には玖珂の血が入っていないため、戸籍上玖珂の息子であっても、本家からは下男の如き扱いを受けて育ったようだ。

さらに卑しい血だからと玖珂の姓を名乗ることも許されず、玖珂グループの恩恵を受けることはできなかった。家庭を持った後も生活のために祖父は会社を作り、小さいながらも従業員を抱えてやってきたが、ある時不況の煽《あお》りをくらい、倒産危機に陥った。従業員とその家族を守るため、藁《わら》にも縋《すが》る思いで本家に援助を申し込んだが、義兄である泰三が首を縦に振らなかったため、会社は倒産してしまった。

恨みを積もらせた祖父は、息子である理央の父や孫である理央たちに『必ずや玖珂本家を奪い取るのだ』という、呪いの如き枷《かせ》をはめて病死した。

父や理央のふたりの兄とは違い、容姿も頭もいい理央には期待が寄せられた。玖珂に目をとめてもらえるようにと惜しみない教育が施されたが、そもそも玖珂本家と接触がない。

そんなある日、父が勤める玖珂本社の下請け会社に、視察のために慧の祖父が来社した。これが最後のチャンスとばかりに、「お孫さんのお世話に、年も近いうちの息子を使ってください」と、父は直訴したのである。唐突で不躾《ぶしつけ》な申し出のなにが慧の祖父の心を摑《つか》んだのか、それは後日、正式に受理されたのだった。

――いいか、理央。お前の役目は、いずれきたる反乱の日までに玖珂本家に根を下ろし、信用されつつ玖珂本家の弱みを摑むことだ。

当時十三歳だった理央は、従者を装った間諜《スパイ》として送られたのである。

「初めまして。僕は理央といいます。慧様のお世話係として参りました」

慧に初めて会った瞬間、理央は眉を顰《ひそ》めた。

自分よりふたつ年下のはずなのに、整った顔には一切の感情が浮かんでいないのだ。

「ああ、聞いている。よろしく頼む」

口角がわずかに持ち上がったから笑っているつもりなのだろう。しかし、こちらを見ている目は澱《よど》んだまま、どこまでも広がりを見せる闇に、理央は呑《の》み込まれそうになった。

慧には、喜怒哀楽といった感情が一切欠落していた。

いつだって無表情。口元の歪《ゆが》め方でなんとか、彼の気持ちを推し量ってきた。

なぜそうなったのか。両親は子供の異変に気づいているのか……玖珂本家を観察してみると、父親は愛人宅からずっと戻らず、後妻である母親が家にはいるが、慧と接している場面を見たことがない。

それなりに両親からの愛を受けて育った理央とは違い、慧は恵まれた環境に生まれつい
たはずなのに、肉親の愛を知らず。さらに玖珂の後継者としての家庭教師や祖父の厳しい
帝王学のおかげで、感情の必要性を知らずにいるのだ。

広い屋敷の中で、彼はひとりぼっちだった。

大抵慧は自室に籠もり、何時間も飽きもせず窓の外の景色を見ている。

本人は気づいていないようだが、外を見ている時だけは恋しそうな表情を見せる。

それが慧の本心のような気がして、理央の心は苦しくなった。

慧の世界は閉じられていない。彼の背にはちゃんと羽があり、いつだって羽ばたける。

この家を鳥籠にしているのは、慧自身だ。

「慧様、お外にいきましょう。いいお天気なので！」

「いや、俺は……。玖珂の後継者は、危険なことをしてはいけない」

理央は思わずカッとなり、一気に叫んだ。

「行ってみてもねぇのに、危険だと決めつけるな！　玖珂の跡取りの前に子供だろうが。

子供なら外で遊べ！　辛気くせぇ顔をして、家の中をカビだらけにする気か⁉」

思わず素が出た途端、慧の目が見開いた。初めて彼の驚いた感情を見て、理央は嬉《うれ》しく
なった。その勢いで理央は慧の手を引いて、そのまま外に出る。

「外の世界が安全だということを、僕と一緒に感じましょう」

理央は笑いかけた。手のかかるこの主を見捨てられない。

最初は慧を手懐けようと画策していたけれど、すぐに彼を裏切る気など、失せてしまった。父や亡き祖父を裏切ることに、心が痛まなかったわけではないが、もともと理央自身に野心はなかった。さらに本家入りすることで、慧のようなロボットの如き無感情な人生を強いられるくらいなら、自分は従僕のままでいいと思ったのだ。

……案の定、使命を放棄する意志を電話で聞いた父は大激怒した。母も兄も理央の人生より、玖珂の肩書きを欲してなじる。ほとほと嫌気がさした理央は家族と距離をおこうと連絡を絶った。理央は本家に住んでいるため、家族が乗り込んでくることはできない。玖珂本家の敷居の高さが、理央を守ったのだ。

その頃から、理央にとっての身近な家族は、慧ひとりとなった。

それから数年。素を見せて全力で慧の相手をしていたせいか、慧は少しずつだが、戸惑いつつも、感情の片鱗《へんりん》を見せるようになってきた。

だが玖珂の次期当主として育てられたせいか、プライドが高かった。

「また……お漏らしをしたんですか？　おいくつですか」

「仕方がないだろう。お前が寝しなに利尿作用がある紅茶をもってくるからだ。これはお前の責任だから、見つかる前になんとかしろ！」

慧に、周囲からの期待と重圧が過度にかかる時、心因性としての……ある種、幼児返り現象が起こる。慧の心と体がアンバランスで、繊細な証拠だった。

粗相を可愛く思う以前に、威張りくさって後始末を言いつける慧に腹が立つ。それでもそんな態度をとるのは、理央が相手だからだと知れば、なにも言えない。

そしていつも、慧のために証拠抹消に動く。完全に従僕精神が刻み込まれていた。

「はい、チーズ」

カメラのファインダー越しの慧は、いつもしかめっ面だ。せっかく笑顔の練習をさせているのに、なぜ彼は笑わないのだろう。事前に撮影の宣言をしているのがよくないのかと、こっそり盗み撮りをしてみても、やはりむっつりとした顔ばかりだ。

条件反射的な、お愛想という表情筋も発達していないらしい。

「笑いたくもないのに、笑えるはずがないだろう」

どうすれば慧から、自然な感情を引き出せるのだろう。

かの偉人へレンケラーに、根気強く感情を教えたサリバンにコツを聞いてみたい。

「……なにかあっちで声が聞こえないか」

慧が目を細めて言う。耳を澄ませば、確かに声が聞こえてくる。

子供の悲鳴のような声。いや、これは……猫の鳴き声か。

音がする方へ慧とともに行くと、道端に血を流してぐったりとしている白い猫がいて、そのそばに、一匹の子猫が震えながら鳴いている。

親猫は絶命していた。この道は車がよく通るから、轢《ひ》かれたのだろう。

慧はじっと猫の親子を見ていた。

「……この子猫、親がいなくなって悲しいのかな」

ぽつりと慧は言う。

「そりゃあ悲しいのでは？　これからこの子猫は、ひとりで生きねばなりませんから」

「なぜひとりで生きるのが、悲しいんだ？」

親からの愛が欠如していた慧は、親への愛も欠如していた。

「――せっかく自由になったのに」

その時、雨が降ってきた。慧は寒さに震える子猫を持ち上げ、抱きしめた。

「温かい……」

目を閉じて子猫に頬を寄せるその顔は、泣いているようにも見えた。

後方が騒がしくなり、傘を持ってきょろきょろしている女性が現れた。

この猫の親子の飼い主で、目を離した隙に家から逃げてしまったようだ。

女性は死んだ猫に痛ましい顔をして手を合わせたものの、慧から子猫を手にすると、死体をそのままにして去ってしまった。

なぜ放置したのかわからない。雨に濡《ぬ》れた慧が呆然《ぼうぜん》とした後、猫の骸を移動させたいと言うから、ふたりで道脇に穴を掘ってお墓を作った。

「きっとこの猫は、天国へ続く虹の橋を渡っていることでしょうね。そのお手伝いができてよかったです。猫も喜んでいることでしょう」

「本当か？」

慧は冷ややかな顔で言った。

「死んだら見捨てられたんだぞ。こんな冷たい穴の中に入って、喜べるか？」

「慧様？」

慧の顔は明らかに傷ついていた。

「あの飼い主は、家族だからと子猫を持っていったけれど、死んだ猫には見向きもしない。そんな薄情な飼い主の元で育つことを親猫が喜ぶのなら、親猫も子供を捨てたと同然だ」

慧は……子猫に自分の姿を重ねたのだ。

母親の愛をもらえず、薄情な人間に育てられる子猫に、悲しみを覚えたのだ。

「家族って……愛って、こんなに簡単に捨てられるものなのか？　そんなものなら、俺はいらない」

雨が激しくなる。

「子猫のような弱い立場の者を……守ってやりたい。裏切られて見捨てられることがないように、家族や愛に悲しまなくてもいいように、血が繋《つな》がらずとも俺が……」

家族の愛などいらないと言いながら、渇望している彼を無性に哀れに思う。

ああ、彼が欲しいと願うのならば。その欲求を隠すために、人間らしい感情を犠牲にしているというのなら。

自分が彼に、惜しみない愛を注ごう。

彼を裏切ることがない、絶対的な忠誠心を見せて。

少しでも彼に、慈愛を与える〝母親〟代わりになれるように。

少なくとも、愛を知らない慧が、本当の愛を見つけるまでは。


それから何年経ったのか。

理央の主は今も感情に乏しい顔をして、セキュリティ会社の社長をしている。

慧は猫の一件から、弱きものの救済としてセキュリティ会社を設立した。身近にあり、どんなものからも守れる、絶大なる強さと信頼性があるもの——それは彼が家族に求めていたものであることに、彼は気づいているだろうか。

覇王として非情さを見せつけても、彼はずっと欲してきた。

血の繋がりにも左右されない、真実の愛を。

そして彼は、ようやく見つけたのだ——。


腕組みをして虚空を睨《にら》みつけた覇王が、深いため息をついて頭を振る。

「慧様、先程からどうなされたんですか？　リスさんと喧嘩《けんか》でも？」

「いや。いつも通り、朝方まで熱烈に愛を交わしている。これでもかっていうくらいに」

表情を変えずにそんなことをさらりと言うあたり、慧の全神経が別のところに注がれている証なのだろう。

「そうですか、それは失礼いたしました。ではなんなのですか、そのやるせないため息は。それは結婚を控えている人がするものではないですよ」

するとだるそうな切れ長の目が向けられた。

「なぁ、理央。じいさんの婚約指輪は涙を流して喜んでくれたのに、なぜ胡桃は結婚指輪はいらないと言う？　それはつまり、俺と結婚したくないということではないか」

いつも超然として、非情と怖れられる覇王の風格が台無しだ。

その下がった眉尻を、写真に残して壁に飾りたい。

「そんなの、リスさんに直接聞けばいいのでは？」

「聞いても『おじいちゃんの指輪が好きだから』という。結婚指輪なしで結婚式はできるのか？　俺はじいさんに負けたのか？」

「……はい？」

「じいさんの指輪に勝てる俺の指輪は、この世に存在するのだろうか」

真剣に思い悩む慧を見て、理央はくすりと笑った。

「調べましょう。見つからなかったら、作りましょう。慧様のありったけの愛を込めた指輪を。慧様にはその力がある」

玖珂の次期当主として生まれつき、玖珂の犠牲となり感情を失った慧。

少しくらい、慧が玖珂に生まれてよかったと思えることがあってもいいではないか。

すべてに我慢を強いられてきた、可哀想な子供が幸せになるために――。

「それはそうと、よかったのですか。リスさんに仕事を辞めてもらわなくても。妻は常時家にいて家庭を守る……慧様は、そんな理想を抱いていらっしゃったのでは？」

「胡桃を見ていると、家庭とはふたりで作りあげて守るものだと思えてな。俺がなりたいのは妻を家に閉じ込める主ではなく、胡桃と対等の夫だ。夫なら、介護士として培ってきた妻の誇りと、活き活きとした笑顔を守るのは当然のこと。胡桃は仕事を辞める覚悟をしていたみたいだが、俺がいるのに妻の生きがいを玖珂に奪われてたまるものか」

恋愛経験値ゼロの非情な覇王が、夫の自覚を持って理解を示すとは、実に感慨深い。

「いずれは胡桃の信念とノウハウを生かした施設を作り、うちのセキュリティを入れ、玖珂の事業に繋げることができればと思っている。介護の現場に立つのは玖珂のため。そう刷り込めば、胡桃が世間の目を気にしすぎて、結婚をやめると言い出す心配もない」

身分差ある結婚の実現と玖珂の繁栄を同時に叶える案を作るあたり、さすがである。

「実は少し前にリスさんに、彼女が求める理想の夫像を聞いてみたんです。すると『左右に並べば片側を、前後に並べば背中を安心して任せられる相棒』だそうで。リスさんの理想は、まさに慧様そのもの。腕輪が引き寄せた、運命的な巡り合わせですわね」

慧は、ふっと表情を和らげた。

「慧様とリスさんの間にお子様が生まれたら、じっくりと語って差し上げますわ。お父様がナメクジ、ダニ、洗面器から、いかにして究極の進化を遂げられたのか」

「よせ。想像してしまうじゃないか。俺と胡桃の……可愛い子リスたちを。く……」

理央の予想とは違うところに反応した慧が、片手で顔を覆う。悶えているようだ。

「愛護精神に溢れる覇王は、子煩悩のパパになりそうですわね」

理央は声をたてて笑った。

「……それにしても、ずいぶんとリスさん遅いですが……大丈夫でしょうか」

「さっき連絡がきたから、もう少しだ」

そして慧は言葉を切ると、やけに神妙な口調で理央に言う。

「なあ、理央。今まで……ありがとうな」

それはまるで、別れのもののようだった。

理央はうっすらと感じた。

きっと自分は、お役御免になるのだろう。

今の慧には、彼の心ごと守れる、最強で最愛の女性がいるのだから。

この満ち足りて……同時にもの悲しい思いは、子育てを終えた親の気分なのかもしれない。慧は感情豊かな人間として、立派に巣立ったのだ。

思い残すことはない。全力で慧のために駆け抜けてきたことは、誇りでもあるから。

ただ……家族との縁が消滅している今、この先理央には帰る場所がなかった。

広い屋敷にひとりぼっちだった慧の姿が、今の自分の心境と重なる。孤独な慧に寄り添ってきたつもりだったが、寄り添われていたのは自分の方だったのかもしれない。

迷い子のような途方に暮れた気持ちをひた隠しにして、理央は美しく笑う。

「こちらこそ、ありがとうございました。今までとても楽しかったですわ」

するとと慧が眉を顰め、訝《いぶか》しげに言う。

「……なぜ過去系だ？」

「遅くなりました～」

慧の質問を掻《か》き消すように、慧の想い人たる胡桃がやってきた。

今日も彼女は元気で、可愛い笑顔だ。彼女はなにやら箱を抱えている。

それを胡桃が机に置いた時、慧がなじるようにして理央に詰め寄った。

「理央、お前まさか……俺から離れる気じゃないだろうな」

途端に胡桃も振り返り、声を上げた。

「泰川さん、それは駄目です。断固反対します！　というか無理ですから！」

「しかし今、慧様は私を切るおつもりで……」

「は⁉」

慧の驚きぶりは、初めて理央が素を見せた時のものに酷似していた。

「なぜお前を切るんだ。もしや昔みたいに、俺を裏切るつもりだったのか？」

今度は理央が驚愕《きょうがく》する番だった。

「なぜ驚く？　まさか、本家を乗っ取るつもりで俺のもとに来たことを俺が知らずにいたと、ずっと思ってきたのか？」

「は、はい。いつ、それを……」

「最初から。お前が来る前にじいさんに言われていたんだ。『これから、本家を我が物にせんと泰川の倅《せがれ》がやってくる。奴を見事懐柔し、お主の懐刀《ふところがたな》にしてみろ。それが次期当主としての器を試す、最初のミッションじゃ！』」

「な……」

「お節介焼きのスパイの献身ぶりに絆《ほだ》され、じいさんの言葉などすぐに忘れた。俺自身が、お前を信用してこの先もそばにおきたいと思ったんだ。そこは間違えるな」

慧が超然とした面持ちで、断言する。

「それと……その様子では知らなさそうだから言っておくが、お前の実家とはとうに和解し、お前が俺の忠実な腹心となることにご両親の了承をとっている」

「了承……って、そのためにどれだけ、理不尽な要求を呑まれたのですか⁉」

祖父から引き継いだ家族の欲望は、子供ながらも嫌気がさしたほどなのだ。

「はは。お前の対価と今までの慰謝料だ。理不尽ではないさ。実家に顔を出してみろ。今なら、よくやったと大歓迎されるはずだから。本家乗っ取りはできずとも、お前のおかげで、本家待遇だからな。お前のじいさんも許してくれるだろう」

慧は逆心を咎《とが》めるどころか、祖父が家族全員にはめていた確執の枷を外し、理央の顔をたて、消えていたはずの家族との縁までを繋ぎ直してくれていたのだ。

「私、今までなにも知らずに……ああ、慧様、ありがとうございました」

深々と頭を下げる理央に、声をかけたのは胡桃だった。

「なぜ慧さんが言わないでいたと思います？　言ったら泰川さんが家族の元に帰ってしまうんじゃないかと心配だったからですって。扱き使っている自覚はあったみたいです。それでも逃してくれる覇王じゃありません。もう観念するしかないですよ、泰川さん」

胡桃は知った顔で無邪気に笑うと、持ってきた箱の蓋を開けた。

箱の中にあったもの、それはいちごがふんだんにあしらわれたホールケーキだった。上に乗っているチョコレートに『理央さん、これからも仲良くしてね』と書かれてある。

「これは……」

「お前の誕生日を知らないことを胡桃に怒られてな。だったらお前と初めて会ったその日を、記念日にしようと思って。それが十八年前の今日だ」

照れたように言うのは、理央の主。

理央が慧にすべてを捧《ささ》げる決意をした瞬間、理央は己の誕生日をも捨てた。

今までそんなことを気にもしてこなかった覇王は、やはり変わったのだろう。

胡桃が蠟燭《ろうそく》をたてている。それは十八本――理央が慧と過ごしてきた年数分だった。

「これから毎年、一本ずつ増えていくからな。離れることは許さない」

ああ、本当に――。

愛を知った覇王は、不意打ちで泣かせてくるから本当に困る。

「泰川さん、これからも一緒にお祝いさせてくださいね」

これもきっと、覇王を変えた胡桃のせいだ。

自分から慧を奪い……しかし、ともに生きることを望んでくれる、温かな女性。

慧の前に現れたのが胡桃でよかったと、心から思える。

「そうだわ、慧様。デジタルカメラがあるので、写真をとりましょうか」

カメラのファインダー越し、覗《のぞ》いた慧の顔には、自然な笑みが浮かんでいる。

それを見ていると、理央の鼻の奥が熱くなった。

「早く早く、泰川さん。タイマーが！」

「理央、お前……泣いているのか？」

「慧様、私じゃなくて、カメラを見てください、カメラを！」


ケーキを囲んで写った三人は、ともに悦びに微笑み、幸せそうだった。


愛を知った我が主は、もうあの時の子供ではない。

それでも私は、そばにいる。

彼の愛した家族とともに、この先もずっと、覇王の笑顔を守るために。

いつまでも、こうして笑いながら――。

あとがき

この度は本書をお手にとっていただき、誠にありがとうございました。

蜜夢文庫さんからは三冊目の書籍となる今作は、らぶドロップスさんの電子書籍を改稿し、書き下ろしの番外編を加えたものになります。

この物語を手がけていた頃は、ちょうどコロナ禍による緊急事態宣言が出された時で、自発的な自粛モード中ではありましたが、出口の見えない鬱屈とした思いや環境に負けてたまるものかと、キーボードを叩きつけるようにして書いていました。

そしてできあがったのが、感情豊かな脳筋リスのヒロイン。対するヒーローは無愛想で、やたら我慢を強いられつつ、腕輪で捕らえた小動物風ヒロインを愛でておりました。

新型コロナが発生しなければ生み出されなかった……かもしれないキャラたちです。

まるで息が合わずにいがみあっていたふたりが、外れない腕輪を通してどう心を交わし合い、慧の祖父の真意を知ってどこへ向かうのか。小島ちな先生が描かれる活き活きとした美麗なイラストからも、ふたりの恋の行方を楽しんでいただけたら幸いです。

今回のテーマは『絆』。それは物理的なものであり精神的なものでもあり、縛りつけるものでありながら救済でもある。またその絆は世代を超えて強く結ばれ、どんな困難にも皆で立ち向かうことが出来るように……という願いを込めさせていただきました。

また今作でも、絆の象徴として、レーベルを問わず他の拙著に登場した複数のキャラたちを特別出演させていたり、暗躍を匂わせていたりしております。もしご存じの作品及びキャラがございましたら、にやりと笑っていただければ嬉しいです。

最後になりましたが、この作品を作るにあたりご尽力下さった方々に御礼申し上げます。担当者様、出版社様、デザイナー様、出版に携わったすべての方々。本書の世界を美しく彩って下さった小島ちな先生。応援して下さる読者の皆様。たくさんの方々のお力で、コロナ禍にも負けずに出版させていただきましたこと、心から感謝しております。そして、お手にとって下さいました皆様に、最大の感謝を込めて。ありがとうございました。

今後も、ハラハラドキドキ、時折くすりと笑えるような物語を綴れるよう精進したいと思っていますので、応援していただければ幸いです。

またどこかで、元気にお会いできますように。

奏多

本書は、電子書籍レーベル「らぶドロップス」より発売された電子書籍『覇王愛囚　この愛からは逃げられません!?』を元に、加筆・修正したものです。

★著者・イラストレーターへのファンレターやプレゼントにつきまして★
著者・イラストレーターへのファンレターやプレゼントは、下記の住所にお送りください。いただいたお手紙やプレゼントは、できるだけ早く著作者にお送りしておりますが、状況によって時間が掛かる場合があります。生ものや賞味期限の短い食べ物をご送付いただきますと著者様にお届けできない場合がございますので、何卒ご理解ください。
送り先
〒160-0004　東京都新宿区四谷3-14-1　UUR四谷三丁目ビル2階
(株)パブリッシングリンク
蜜夢文庫 編集部
○○（著者・イラストレーターのお名前）様

無愛想な覇王は突然愛の枷に囚われる
2020年11月28日　初版第一刷発行

著……奏多
画……小島ちな
編集……株式会社パブリッシングリンク
ブックデザイン……おおの蛍
（ムシカゴグラフィクス）
本文DTP……IDR

発行人……後藤明信
発行……株式会社竹書房
〒102-0072　東京都千代田区飯田橋2－7－3
電話　03-3264-1576（代表）
03-3234-6208（編集）
http://www.takeshobo.co.jp
印刷・製本……中央精版印刷株式会社

ISBN978-4-8019-2478-9　C0193
Printed in JAPAN